我的心在

高原

（1954—2023）

人民日报社云南分社◎编

人民日报出版社
北京

图书在版编目（CIP）数据

我的心在高原 / 人民日报社云南分社编 . -- 北京：
人民日报出版社，2023.7
ISBN 978-7-5115-7892-1

Ⅰ .①我… Ⅱ .①人… Ⅲ .①新闻—作品集—中国—
当代 Ⅳ .① I253

中国国家版本馆 CIP 数据核字 (2023) 第 120705 号

书　　名：我的心在高原
　　　　　WO DE XIN ZAI GAOYUAN
作　　者：人民日报社云南分社

出 版 人：刘华新
责任编辑：程文静　靳婷云
装帧设计：元泰书装

出版发行：人民日报出版社
社　　址：北京金台西路 2 号
邮政编码：100733
发行热线：(010) 65369509 65369512 65363531 65363528
邮购热线：(010) 65369530
编辑热线：(010) 65363530
网　　址：www.peopledailypress.com
经　　销：新华书店
印　　刷：大厂回族自治县彩虹印刷有限公司
法律顾问：北京科宇律师事务所 010-83622312

开　　本：710mm×1000mm　　1/16
字　　数：235 千字
印　　张：15.25
版　　次：2024 年 5 月第 1 版
印　　次：2024 年 5 月第 1 次印刷

书　　号：ISBN 978-7-5115-7892-1
定　　价：88.00 元

边疆不边缘
高原更高远

编委会

追向芬芳

张帆同志是有心人。

作为人民日报社云南分社社长，他把曾在分社（记者站）工作过的同事的作品精选出来结集出版。这是一份厚重情义，也是一份特殊历史档案。书不厚，却跨越 70 年时空岁月；文不长，却充满对职业的执着和对云之南的热爱。

《我的心在高原》，在读者看来，这是一本带有纪念意味的出版物；但在我看来，却是一段难忘的生活经历，一种对时代的追忆和讴歌，同时也是和那些可敬可爱同事的再聚首。掩卷沉思，脑子里跳出这样几句话：致敬前辈，感受时代，追向芬芳。

记者四海为家。人民日报驻滇记者换了一代代、一茬茬，几乎没有本地人。为了新闻事业，他们中不少人与家人天各一方，只身在地方工作。记者又是必须倾注心力的职业，无论走到哪里，都要熟悉那里的山山水水，与那里的老百姓生活在一起。日久而生情，熟悉而亲切，常驻而融入。《我的心在高原》，正是深厚情感的真实写照。

我去过国内大多数分社，无论是热辣的新疆、蔚蓝的海南，还是地球之巅的西藏、白云飘飘的内蒙古，驻地记者都有一种"谁不说俺家乡好"的情怀。因为，那里是他们的第二、第三故乡。据我所知，汪波同志自云南而黑龙江，后来又到了内蒙古。宣宇才同志从总社空降云南分社，多年后又转任省委宣传部领导岗位。继任的张帆同志一去西部十几年，从满头秀发的帅小伙渐成鬓染薄霜的中年人。

人民日报社记者在哪里驻地，并非个人自己选，而是根据工作需要由组织作出安排。但他们干一行，爱一行；驻一地，爱一方。虽然驻地并非落脚归根之地，但人走了，心留下，那里依然是他们念兹在兹的地方。

由于年代久远，70年前老记者的作品读来有点隔膜之感。但我们仍然可以从15位记者的接力耕耘中，看到历史沧桑、时代经纬。从傣族兄弟发自内心地喊出"感谢共产党、毛主席"，我们看到新中国成立初期民心的淳朴善良、民气的昂扬振奋；从鲁奎山昆钢的历史变迁，我们听到那个时代铿锵的改革步履；从世纪之初云南念好"山海经"，我们见证了一个高质量科学发展的蓝图已经在云南大地铺展开来。本书提供的一些老照片，使我们有机会感受到春去秋来的年轮，也领略到变化的不易与艰辛。

我几次因工作去过云南，但活动区域不过是昆明市区5公里半径之内。匆忙间，犹如清风吹过，只记住了袭人的茉莉和飘香的桂花。西双版纳、丽江、大理，睡梦中闪过；蝴蝶泉、泸沽湖、玉龙雪山，听说过而已；孔雀舞、泼水节、普洱茶、宣威火腿、过桥米线，令人神往，却不曾细细品味。

感谢分社的同事们，他们用青春年华为边疆建设默默奉献，用新闻报道把多彩云南呈现给读者。他们对云南恋恋不舍的那份特殊感情，吸引着更多的人们追向花海如潮的芬芳。

米博华

（作者系人民日报社原副总编辑）

2023年5月26日

目　录

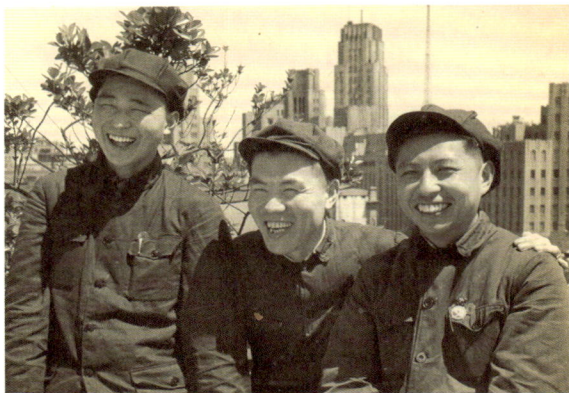

1951—1952 年间任解放日报编委的刘时平（中）

刘 时 平

作者简介

刘时平（1915—1999），人民日报著名记者，内蒙古包头市人。1954 年，刘时平担任人民日报驻云南首任记者，任期约一年。其间发表《热爱祖国的傣族人民》《茶树花开》《在西双版纳》等报道。

刘时平 1936 年秋参加革命，1937 年 10 月加入中国共产党，1946 年毕业于西南联合大学历史系。曾冒生命危险真实报道李公朴事件，冲破重重阻力探明沈崇身世，获取国民党偷袭西柏坡的情报，采写有《痛悼吾师闻一多》等通讯。

新中国成立后，历任解放日报编委兼采访通联部主任，人民日报高级记者、地方记者组副组长兼中国社会科学院研究生院新闻系副主任。有通讯集《为正义而战的朝鲜》；1990 年出版个人文集《我就是记者》，收入新闻报道、通讯特写、报告文学等代表作品，共 47 万字。

热爱祖国的傣族人民

云南是一个多民族聚居的地方。在这里，你可以亲身体会到各民族团结友爱，生活在祖国大家庭内的愉快与欢乐；在这里，你可以随时看到成千上万的傣族人民和其他兄弟民族人民聚居在祖国的国境线上，过着勤劳的劳动生活。在傣族人民居住的澜沧江两岸和怒江西岸，有天然富饶的山川平坝，在那肥沃的油泥土壤上，生长着绿油油的水稻庄稼，一年可以两熟。还有闻名全国的茶园，亚热带的香蕉、菠萝，高插入云的椰子树和茂密的原始森林。西双版纳的平坝地区沃野千里，鲜花遍地，沟渠纵横，俨如江南鱼米之乡。生活在这里的人，谁不热爱祖国秀丽的原野和自己的美好生活？

仅仅4年多的光景，傣族人民和其他兄弟民族人民一样，从过去长期受压迫、受剥削、受欺负的穷苦日子里，一变而为今天过着有吃有穿的好日子了。

这种好日子是从哪里来的呢？凡是和傣族人民接触过的人，不分男女老少，谈起今天的幸福生活来，他们有一句共通的话："我们今天得过好日子，都是共产党和毛主席带来的。"

　　8月间，我曾先后访问了来自西双版纳傣族自治区的省人民代表玉庄扁、德宏傣族景颇族自治区的省人民代表孟有贤和肖时宽，还有最近当选为云南省民主妇女联合会的执行委员龚宝莲，以及正在云南省民族学院学习的傣族干部龚保明。从他们的谈话中，你可以看到他们热爱祖国的真实感情。

　　西双版纳傣族自治区是在去年1月23日建立的；德宏傣族景颇族自治区建立较晚，是去年7月24日。在这两个自治区中，聚居着傣族人民将近30万人，还有散居在全省各地的17万多人。这个民族，在云南来说，是一个人数比较众多的民族，他们有自己的语言文字，劳动人民从事农业和手工业生产。

　　自从自治区建立后，傣族人民和其他兄弟民族人民一样，在政治上得到了自由平等的权利，他们决心要保卫自己从胜利中得来的果实。

泼水节。（西双版纳州委宣传部供图）

　　龚宝莲就是德宏傣族景颇族自治区人民政府的委员，又是她的家乡莲山县①的妇联会副主席。她这次来昆明，是来参加全省妇女代表大会的。她虽然有 57 岁了，但是身体还十分健壮，如同一个年轻人那样热情、积极，她对祖国正在进行着的社会主义建设和改造事业，充满了信心和决心。

　　她告诉我：她的家乡——莲山县曼允镇，在云南解放初期，因为邻近国境，国民党反动派的残兵败将，在美国侵略者的指使下，曾阴谋组织土匪，破坏她们的胜利果实。她不顾一切，自愿为人民解放军担任翻译，并向土匪家属宣传人民政府的政策，教育土匪，争取土匪悔过自新，最后争取了 49 个土匪投降，缴枪 16 支。群众对她这种爱护人民、保卫边疆的勇

———————

　　① 莲山县：今为云南省德宏傣族景颇族自治州盈江县。

敢精神，都很拥戴，所以赠给她一个"协助剿匪模范"的光荣称号。

现在，在她的家乡，只要提起龚宝莲老大妈来，没有一个人不知道。

她会说一口流利的汉语。在我访问她的那次谈话中，她兴致勃勃地一直谈到深夜 12 点，还不休息。后来一阵大雨倾盆而来，我们几次三番劝她回去睡觉，她都不肯。她从座位上跳起来，跑到另外一个同志身边，轻轻地拉着他的袖口，留恋不舍地说："我不累，一点也不想睡，我的话，说不完，睡也睡不着。"于是她又站了起来，对在座的人们说了一个故事：今年，全国人民慰问解放军的代表团到了她们那里，她拉着一位代表的手，叫了他一声同志。

那位同志笑嘻嘻地紧握着她的手，向她问好："老大妈，你好啊？"

"是呀，同志，我们太好啦，我要求你代我写封信。"

"写信吆？好的，写给谁？"

她展开了笑脸，用洪亮的嗓音对那位同志说："写给我们敬爱的毛主席。"说到这里，她激动得说不出话来。

接着我问她："信里写的哪样？"

她站起来，摇摆着她那黑色的筒裙，整整对襟白衣上的纽扣，摸了摸头上的黑色头布，在地板上晃来晃去，好像在想什么似的。然后，她坐在皮沙发上。"我在信里，告诉毛主席，我们这里是边疆，是祖国的后门，土匪、特务时常造谣破坏。"她坚定地说，"我们要参加政府的各项工作，守住祖国的后门。"

这就是她的心愿，也是傣族人民的共同愿望。

在另外一个场合，我和参加全省第一次人民代表大会会议的傣族人民代表座谈时，其中有一位西双版纳的傣族妇女玉庄扁，她比龚宝莲老大妈的年龄要小一半多，今年才 27 岁。她活了 27 年，从来没有出过远门。这次到昆明，还是第一次。

她原来是一个穷苦的孩子，父母都已经上年纪了，缺乏劳动力，有一头牛，后来也被土匪抢去了。一年到头，租种菜蔬、菠萝，卖得的几文钱，还不够上苛捐杂税的。这还不算；残余蒋匪兵又到处乱抢，只要是他们喜欢的，不管你卖不卖，他们都要抢去。

她从痛苦的回忆中，想到了今天的生活，马上转过脸来，放开嗓子对我说："今天不要说抢啦，有时候解放军经过我们寨子，端一碗茶给他们喝，他们都不喝。"

"真正是为人民服务的军队呀，人民真正得到解放啦！"这是她的结论，也是她对于人民军队的认识。

她的政治觉悟一天天提高了。在云南解放后的几年当中，她帮着工作队，配合中心工作，宣传党的民族政策；春耕时候，她向农民宣传政府贷款、贷牛、贷农具的好处。有时候，她也听到一点背后的闲言乱语，她都置之不理，决心参加工作。

她这次到昆明来，开完会以后，参观了新建的砖瓦厂，看到机器生产比手捏快，她的心里高兴得蹦蹦跳，她庆幸自己看见了祖国工业化的远景。参观纺织厂时，她因为生病了，没有去，回来的人对她说了一番，她喜欢得病也减轻了。她自言自语地说："在我们家乡，用手工织一匹布，从头到尾，要两三个月，织出来的布，也只够做一套衣裳，简直不能和机器相比。"

她又接着说："在昆洛公路没有通车以前，我连昆明在哪，都不知道。"自从去年冬天昆洛公路通到西双版纳后，她们一向缺乏的盐巴也有的吃了，衣裳也有的穿了。她现在已经有了八套衣裳，生活也不像以前那样苦，可以吃得饱、穿得暖了。

她表示回去以后，一定要把祖国的工业建设，告诉傣族人民，好好生产，支援祖国的工业建设，使傣族人民也能同汉族兄弟们一起过幸福的生活。

谈到病的问题，又引起了她的回忆。她说："过去生病了，靠迷信献鬼。特别是妇女，生下小孩，总是长不大。我们那儿有一句流行的话：'只见娘怀儿，不见儿走路。'"

现在呢？

"现在，"她骄傲地说，"到处是医疗队、防疫队、保健站，一有了病，就免费打针、吃药。以前，找上医生的门，人家不给你看；现在是医生找上门来，给你吃药治病。"因此在她们那里最流行的疟疾、鼠疫、小儿抽风等病，都比以前减少了。

这种变化，不仅在西双版纳，在德宏傣族景颇族自治区的傣族人民也有同样的感觉。

在这次座谈会中，还有一位傣族农民肖时宽是来自云南最西部的边疆地区——盈西区的。他们那里到处都是大山，生活较苦。他是一个勤劳、朴实的庄稼人，从小就跟着父母帮人家种田，一块田刚刚种出点油水来，又被地主夺佃了。他们就是这样风里来雨里去，吃野菜度日子，他一提起过去那种苦日子来，双眼圈就发红，只想流泪。今天他熬出了头。他在今年1月间，被全乡人民选为乡长，现在又当选了省人民代表。这次来昆明，经过保山时，群众争着向他们献花，他不禁高兴得掉了眼泪。他说："这种日子，咱们哪见过呀！"他指着坐在屁股底下的沙发，想起过去一件伤心的事情来。有一年的一个深夜里，他被残余蒋匪兵抓去送信，摸着黑，爬山越岭，好容易把信送到了。人家说：还要等回信。他看到身前有一把木头椅子，坐下来歇一歇，刚刚屁股贴着椅子边，还没有喘过一口气来，那帮野蛮的匪兵就一脚把他踢起，硬说是"坐不得"，怕他把椅子坐脏了。他一生气，掉头就走，人家又把他拉回来，说他要跑，拳打脚踢，受尽了侮辱。说到这里，他感慨地说："你看，那个时候的人，还没有一把椅子值钱哩！"今天他们居然坐在沙发上，这种好日子相比起来，"真是说也说不完"。

生活在国境线上的傣族人民，由于生活环境得到了空前的安定，大家都能安居乐业，所以，在经济上也日益欣欣向荣，劳动人民努力生产，改进耕作方法，生产也有了很大的发展。

同一次座谈会中，另外一位傣族农民孟有贤，他是在德宏傣族景颇族自治区梁河县种花生的农业生产劳动模范。他的家乡——管家寨的农民，在他的带动下，已经组织了变工组。1952 年，全寨 26 户中，参加变工组的有 10 户，后来发展到 16 户，去年已扩大到 22 户。过去在他们寨子里，许多贫苦的农民靠吃"酸粑"（一种野生水果）度日。今天，他们改变了过去的耕作方法，施肥、除草，修水利，产量逐年增加，过去的水稻一箩种（每箩种约合 4 亩田），只打五六十箩（每箩约合 20 市斤），现在有的好田，可以打到一百一二十箩了。

西双版纳的茶叶，1953 年的产量为 16654 担，较云南解放初期——1950 年增加了 4000 担。

同时，贸易公司把便宜的东西运进去，再把土产特产运出来。例如，闻名全国的普洱春尖茶，云南解放前，每百斤只换大米 100 斤，现在可换 380 斤，价格提高了 280%。土产特产品价格的提高，直接刺激着生产。

随着生产的发展，人民的物质和文化生活也逐步提高了。过去一年到头劳动所得，一般人家只够吃半年，大部分收获所得，交了地租、债款、苛捐杂税；住在山区的人家，有的只够吃两三个月。现在不但够吃，而且可以开荒地、买耕牛和农具，扩大耕地的面积了。

和孟有贤同县的农民龚保明，经过自治区人民政府的培养，现在已成了工作干部。他正在云南省民族学院学习，今年只有 25 岁，过去，一直是给人家帮工。他说："我们一家 4 口人，过去的生活很苦，租种一年地，不够吃 5 个月的，今年不但够吃，还买了 1 头耕牛。"

他指着民族学院的校舍，金碧辉煌的宫殿式建筑，"像这种学校，我们过去做梦也梦不到，哪还有钱能到这里来学习呢！"接着说，"你知道，这个学校过去叫南菁中学，大多数学生是有钱人家的子弟，像我们这种给地主放牛的孩子，哪能上得起这种学校呢！"

"现在一切都变了样，"他兴高采烈地继续说，"我们在这里学习，一切都由学校供给。以前不懂什么民族政策，现在看到这么多兄弟民族，像兄弟姐妹一样，生活在一起，学习在一起，从前的隔阂，如今完全消除了。"

所有的傣族人民，都是同样地庆幸自己的解放，庆幸自己的幸福生活。他们出自衷心地热爱祖国，热爱共产党，热爱毛主席。在祖国的西南边疆线上，你可以随时听到傣族人民愉快而欢乐的歌声：翻身的日子暖洋洋，毛主席真是红太阳，能把我们傣族心温暖，能把这黑暗世界照明亮。

（1954 年 9 月 15 日发表于《人民日报》第 3 版）

茶树开花

冬天里的西双版纳，气候还是温暖如春。住在澜沧江两岸的傣族青年们，每当日晒水暖，就三五成群聚在江心洗澡。就是当地人民认为比较寒冷的地方，如著名的普洱茶产地——版纳勐海和南糯山上，也是满山遍野的竹林和树木，望去一片碧绿，蝴蝶随着清风在鲜艳的花朵上飞舞。

西双版纳是普洱茶的主要产地。根据历史资料记载，最高的年产量曾经达到过3.2万担。但是在国民党反动派的长期压榨下，不但没有继续发展，反而开倒车，逐渐衰落。到云南解放前的1949年，年产量竟下降到3000担。大部分茶园荒芜了。

云南解放以前，由于茶叶不值钱，捐税又重，有的茶农就把茶树砍倒当柴烧，或给牲口垫圈。许多茶农为生活所迫，只有到离家数十里以外的山坡上开荒种地去。

云南解放后的5年来，云南省茶业公司西双版纳茶厂连年收购茶叶，茶价逐步提高。1951年一斤茶叶的价格为1500元，去年已提高到4000元。

自治区政府的茶叶试验场同农业技术推广站还在产茶比较集中的勐海

和南糯山进行了技术指导。到去年，年产量已经恢复到 1.6 万多担。

茶树开花

"去年茶树开花了。"民族工作队南糯山组的组长金丽生同志兴奋地对我说。茶树已经有 7 年没有开花。我们屈指算了一下，7 年前，正好是 1948 年，以勐海为活动中心的大茶商同国民党反动派的贪官污吏勾结在一起，不管茶农的死活，压低茶价，从中渔利。老茶农在去年 10 月间举行的茶农代表会上谈起他们过去所受的压榨，十分伤心。当时茶叶同其他物品的比价是：一驮盐巴换十驮茶叶，一顶毡帽换一驮半茶叶。

在那班专事剥削，不务生产的吸血鬼的压榨之下，茶农们生产情绪日益低落，结果是小茶树变成了大茶树，鲜茶叶长成了老茶叶。茶树一年一年地腐朽生虫，自然就谈不到开花结果了。

从去年起，情况发生了根本的变化。

去年 12 月间我从勐海到南糯山的 70 里地以内，到处看见茶树上的朵朵白花，充满着春天的气息。到达茶叶试验场以后，又看到用科学技术培植的茶树长得又矮又蓬勃，就像是公园里路旁刚剪过的小树一样，条列成行，株行有距，甚为整齐。

在有名的茶山南糯山，全山 10 个寨子的生产委员同年轻的哈尼族姑娘和小伙子们，都动员起来种茶树。农民们已经看到：种茶不仅可以改善自己眼前的生活；还可以换机器，支援祖国建设；种出茶叶来，供应藏族同胞，还能增强民族团结。

从去年 10 月 10 日到 11 月底的 50 多天内，光是南糯山的 10 个寨子，334 户人家，就有 220 户种了茶叶。民族工作队初步算了一下，种下去的茶籽有 7331 斤。按照最低的估计，如果成活 1/3，将来茶树就可以超过现有的 1 倍。

南糯山古茶园。（勐海县委宣传部供图）

12 月中旬我在南糯山的时候，茶农们按照茶叶试验场教给他们的新方法种的茶树苗，已经一寸多高；就是照老办法一窝窝埋的，也已经出了芽。

南糯山的水合寨，云南解放以前是一个荒凉无人烟的地方，人们都叫它黑寨子。现在，这个黑寨子的面貌完全改变了。寨内住着 14 户人家，92 口人，有 12 户人家都种了茶树。其中有一家是妇女组长三边的家。

我在她家待过两天。那两天，连日下雨，冷风不时吹进竹楼，我们围着火盆，席地而坐，从晨雾弥漫的清早，谈到太阳落山。她在用过去的痛苦日子同今天的幸福生活对比时说："过去的日子，一天哭三次；今天的生活，一天笑三回。"

三边的母亲坐在里屋的火盆边，脸烤得通红，连额头上的皱纹也看不见了。她长吁了一口气，自言自语："没有共产党，就没有我们这个家。"

三边接住她妈的话，诉说着他们家的遭遇。

他们一家人，在云南解放以前，由于爹爹欠了债，把他们兄妹 5 个人卖出去，给人家帮工。她爹为了留在家里的大人和娃娃活命，到离家 90 里远的允景洪去找工作。跑了好多地方，到处找不到工作，回来时，病死在途中。留下她妈一个人，天天给人家背谷子，挣点钱养活 3 个小弟妹。他们谈到这里，都为爹爹没有看到今天的幸福日子感到伤心。

云南解放以后，他们都回到了自己的家。兄妹 5 个人辛勤劳动，开荒种地。去年翻了一个大身。全家人种了 30 斤茶籽，如果 1 斤茶籽可以成活 150 株，3 年以后他们就可以有 4500 株茶树了，而这是一个比较低的估计。他们的生活也将像茶树开花一样，结出美丽的果实。

他们已经盖起新的竹楼，养了 8 口猪、50 只鸡，还买了锄头、砍刀、铺盖和毯子。去年收割了旱谷 80 挑（一挑 60 斤）、黄豆两挑半、棉花 20 斤，摘春茶分得 45 万元，又卖了谷子，还有夏、秋茶留在家里。

他们的家，从三边的大哥三罗结婚以后，又成 10 口之家了。3 个小弟妹也长大了，今年就要有一个弟弟进南糯山的第一个小学念书。用他们的话说："这是在哈尼族的历史上世世代代没有过的事。"

这所小学，是住在南糯山上的哈尼族人民用自己的力量亲手盖起来的。

"去年盖小学时，全山能劳动的人都出动了。"民族工作队的金丽生同志指着屹立在半山坡上的新校舍，兴奋地说："哈尼族的农民很喜欢学文化。"

他们为了自己的子弟念书，使教师能够安心教书，大家想尽办法，把竹筒子接起来，接成自来水管，从山下的河沟里引水到山上的校舍中。

去年，南糯山贸易小组调来 20 打钢笔，有的人估计卖不出去，怕造成积压，调拨到别处 13 打。但剩下来的 7 打却只有 5 支卖给干部，其余的全部被农民买光了。

提高技术

他们不仅在学文化上表现了如饥如渴的愿望；在学习耕作技术上，也表现了他们的聪明和创造性。

　　三边在去年摘茶的季节里，工作队帮助她，创造了"双箩双袋摘茶法"。过去，她摘茶时，粗细茶叶不分，统统放在一起。去年，她摘春茶时，把粗细茶叶分装在两个箩筐和袋袋里，使摘茶的效率比以前提高了1倍，并且增加了茶叶的产量。

　　这个先进的摘茶法，在南糯山茶区已经得到推广。

　　不只是山区，就是在坝区，因为有茶叶试验场同农业技术推广站的帮助和教育，茶农们也都像三边一样，学习着种茶、摘茶的技术。

　　茶农们热爱自己的茶园，就像热爱自己头上的首饰一样。你只要在他们的家里住上几天，就可以从他们那嘹亮的歌声和爽朗的笑声中，深深地体会到他们的感情。他们是这样热烈地歌唱着自己的茶园：

　　"你看那太阳有多亮哟，

　　你看那茶园好风光！

　　采茶的姑娘多少哟，

　　在这辽阔的平坝子上，

　　啊，河水清哪，井水更凉，

　　美丽的姑娘，你们的心比月亮还亮。

　　增产呀，为了国家兴旺，

　　美丽的茶园叫人欢喜若狂。"

　　除了新的茶园以外，荒芜的茶园也逐步恢复起来了。

　　有一天，我在南糯山半坡寨碰到茶叶试验场的两位同志，他们正和工作队的同志们商量，想在大家能看见的路边道旁，找一块荒芜的茶地，整枝捉虫，作典型示范。因为南糯山的茶树荒芜多年，许多茶树上嫩绿的树叶变成了枯朽的枝条，病虫害很多，不能发芽。根据茶叶试验场的经验，必须把枯老的枝叶剪掉，新生的树叶才能发芽。

　　在勐海的平坝子里，茶叶试验场同农业技术推广站同时开辟了整株试验区，组织茶农参观，推广整理茶园的耕作技术。

据工作队估计：南糯山在去年已经恢复的荒芜茶园，达到了 70%。因此，去年春茶的产量，比前年增产了 295 担。

太阳从北京出来了

在西双版纳，只要谈起今天的变化，就要常常谈到昆洛公路的通车。从去年 6 月间汽车通到勐海以后，普洱茶就成批成批地运销到国外。特别是在茶厂加工制作的"紧茶"，运销到西藏，受到了藏族同胞的热烈欢迎。

物产有了出路，人们的生活跟着变了样。

南糯山石头寨的农民初赛指着身上的穿戴，高兴地说："过去从来没有穿过机器织的布，今天也穿上了；过去光着两只脚爬山，今天穿上了球鞋。"这是多么大的变化呀！同样的劳动，今天却比过去增加了 10 倍的收入。

工作队的同志们初步算了一下，一家茶农，只要有春、夏、秋三季的摘茶所得，就可以够吃了。粮食和其他副业生产的收入，都可以用于扩大生产和进一步改善生活。

茶农的购买力提高，也可以从贸易小组的经营情况看出来。南糯山贸易小组在去年 3 月间，只有 7 种商品，到年底，增加为 62 种，还是不够供应。农民用的农具，不管是锄头、镰刀，或者铡刀，只要有货，很快就卖完了。

生活用品也是同样情况。铁锅、三脚架和红棉毯，成为脱销的货物。随便到哪一家，人们都会把自己心爱的红棉毯拿出来，铺在席上，招待客人。有时候，贸易小组运到东西，事先都不敢告诉人；只能按照需要定量分配。据说，有一次铁锅运到了，贸易小组的房子里挤得水泄不通，有的人就在铁锅的锅底上赶紧画上记号，争先订购。

哈尼族的人民把自己的自治区叫作"格朗和"，那就是意味着幸福。他们为自己世世代代没有过过的好日子，热情奔腾地歌颂着毛主席：

　　"毛主席哟！太阳亮，七月十五日（格朗和哈尼族自治区政府在1953年这一天成立）太阳进来啦，唉咦！

　　太阳从北京出来了，唉咦！

　　我们哈尼族地区太阳亮了，全中国人民的心是一样，唉咦！"

（1955年2月26日发表于《人民日报》第2版）

在西双版纳

西双版纳是一个自然环境优美、物产丰富的地方。有的人把那里的热带风光，用诗一样的语言，描画得淋漓尽致，引人入胜。实际也确实如此。

西双版纳全区面积有 2.5 万平方公里，平坝地区多为冲积平原，土地非常肥沃，黑油油得十分诱人。过去，在国民党反动统治的压榨、剥削下，一般农民的耕作习惯是不施肥、不除草，稻谷的单位面积产量只有 200 多斤。几年来，在自治区农业技术推广站的推动下，农民已开始积肥、除草，学习深耕细作。1954 年稻谷的单位面积产量一般已达 390 多斤，有的提高到 680 多斤。

这里素有"滇南粮仓"之称，按照气候条件，可以种双季稻。因为人口少，过去只种一季，出产的稻谷吃不完。1954 年，在少数坝子里试种双季稻，生长良好。如果今后全区普遍推行种双季稻，再把荒地开垦出来，扩大种植经济作物和热带水果，对支援祖国的工业建设和供应人民的生活需要，会起到更大的作用。

这里的森林也很丰富，有许多名贵的和有经济价值的树木。竹林更是满山遍野，粗得如同椽子。傣族人民的住房，大半是用竹子盖的。这里还出产各种美味的热带水果。山区的牧草，四季常青，还可以发展畜牧业。

黎明的城

允景洪是西双版纳傣族自治区的首府。它的意思是黎明城。

这个地方的人民，过去受尽了国民党反动派的压迫和剥削，云南刚解放的时候，到处野草丛生，一片荒凉。

5 年来，允景洪已经起了根本的变化。现在，它不但是自治区的政治中心，而且也成了经济和文化中心。一个历史上从来没有的景德工厂建立起来了。从工厂里发出来的灿烂的电灯光，照耀着这个新兴的城市。

允景洪在澜沧江边。澜沧江沿着云岭的横断山脉的峡谷，流经西双版纳。允景洪的地形低洼，海拔已降到800多米，终年的气候都很湿热，即使十冬腊月，中午的气候，也和北方的初夏差不多。因此，各种植物生长茂盛，四季常青。

美丽的橄榄坝

从允景洪坐木船，顺澜沧江急流而下，就到橄榄坝。橄榄坝的地势，比允景洪还低，所以在峡谷陡壁间经过水流湍急的险滩时，小船荡漾江心，顺着水纹，躲过岩石，如孩子们坐滑梯一样，一滑而下。远看上去，只有一个人身宽的小船，在波涛汹涌的澜沧江里，如射箭一般飞下，可是坐在船上，江水四溅，有时虽溅得衣襟湿透，反不觉得有何危险。

橄榄坝已经到了国境线上，它同缅甸相邻，是一个生产热带水果的地方。这里有椰子、香蕉、芭蕉、菠萝、柚子、橘子、荔枝、木瓜等，还可以种植橡胶、咖啡、柠檬、金鸡纳霜、槟榔等热带植物。还有工业原料紫胶，

美丽的橄榄坝。（西双版纳州文化和旅游局供图）

它是一种野生植物，当地傣族人民叫作"紫梗"，可作油漆、留声机唱片、石印油墨、电工器材上的绝缘体、器皿、玩具、纽扣等的原料，还可作造船工业的粘补原料。过去人们不知道它的用途，弃之树上。从1954年起贸易公司开始收购，已经引起当地人民的重视。

我在橄榄坝生产椰子的二村住了3天。那里的菩提树、榕树、贝叶树等热带树木，遮天蔽日，如入森林地带。新鲜的椰子清凉香甜，每个椰子只卖2.5角。全村35家人，有椰子树70多棵。今年这里的椰子树品种将被引育到允景洪等地扩大栽种。

同二村隔江相望的一村，香蕉成林。这里的香蕉粗大而香甜，1角钱可买6个。因为运不出去，天气又热，农民们为了防止腐烂，就把它晒成香蕉干。

　　我在这个村子遇到一位种香蕉的老人曾培安，他今年 59 岁，鬓发已经斑白。他说：云南解放以前，人们都不愿意种香蕉，因为香蕉还没熟，就被国民党匪帮们抢吃光了，不给一文钱，而种香蕉的人还要上捐纳税。云南解放以后的情况完全变了，本来他只有 20 棵香蕉，现在已经有 200 棵了。

边疆的商埠——勐海

　　勐海离允景洪 53 公里，海拔比允景洪高，一般在一千二三百米以上，在西双版纳，它是比较凉爽的地方。这里出产闻名全国的普洱茶，还出产樟脑，是西双版纳的一个商业中心。

　　在勐海的坝子里，聚居着傣族；在山地的南糯山和苏湖聚居着哈尼族。西双版纳共有 25 万多人口，其中傣族有 12 万多人，人数比较多的第 2 个少数民族就是哈尼族，有 3 万多人。云南解放以后，在民族平等的原则下，互助互让，傣族人民和哈尼族人民已经团结在一个自治区的大家庭里，共同发展生产，为自己明天的更幸福生活勤奋地劳动着。

　　云南茶叶中的大叶种是驰名国内外的。这里就是它的原产地。近年来，全国各地的茶园和试验场，纷纷到这里引种。茶叶试验场和技术推广站又帮助茶农改进了种植技术。这里产的茶叶除供应西藏的兄弟民族外，还可以外销，将来发展前途很大。

　　从昆明到勐海有 786 公里。过去从昆明寄包裹到允景洪，经常要半年才收到；寄报刊、书籍最快也得十二三天，有时要十七八天。昆洛公路通车后，最多只要七八天了。

　　修昆洛公路，在国民党反动派统治时期曾经空喊了 20 多年，结果是劳民伤财而没有修成。沿线的兄弟民族都说：过去盼公路如同盼公鸡下蛋一样，连个影子都没有盼到。云南解放以后，在共产党和人民政府的领导下，从 1951 年 9 月到 1954 年 12 月，只用了 3 年左右时间，汽车就从昆明通到了勐海。

　　住在国境线上的兄弟民族，看见百货公司从昆洛公路运来又多又好的货物，高兴地说："过去我们都认为这样好的东西，我们国家不会制造，现在亲眼看到、买到了我们国家自己制造的又便宜又好的东西；从来没有见过的东西也见到啦，上海制造的缝衣机也买到啦。"

　　在我所接触的青年当中，不管是傣族还是哈尼族，都有一个共同愿望：他们要永远团结在祖国的大家庭里，把这个美丽富饶的地方建设起来，同其他兄弟民族一起，走向社会主义社会。

　　　　　　　　　　　（1955 年 5 月 21 日发表于《人民日报》第 3 版）

陈勇进

陈勇进

/ 作者简介 /

　　陈勇进（1922—2011），人民日报著名记者，山东濮县（今属河南省范县）人。1955年10月，受命担任人民日报驻云南首席记者。1958年5月，云南记者站与新华社云南分社合并，陈勇进担任分社社长，其间发表了《快乐的瘴气区——横断山片断》《孔雀山》《在崩龙人的村庄里》《养蚕者》等作品，1963年调任安徽。

　　陈勇进1937年加入中国共产党，1944年任冀鲁豫日报记者，1946年任第二野战军随军记者，参加了九大战役的前线采访，采写了《在傅斯年的故乡》《红色蛟龙闹黄河》等通讯。1948年任人民日报记者。

　　1963年后，历任新华社安徽分社社长、人民日报驻安徽记者。1973年任新华社福建分社副社长、人民日报驻福建记者，1979年回人民日报任高级记者，主要在湖南、河南、天津、新疆等地采访，出版通讯、特写集有《七月的前线》《在白山黑水间》《红丹山》《金色的事业》等。

快乐的瘴气区——横断山片断

这就是人们传说里的怒江坝"瘴气区"。

怒江坝满山满谷尽被蝉的叫声充塞着。美丽的红山鸡、珍珠鸡，在路边的灌木丛里昂着头呆呆地凝视着过路的汽车和马帮，它们像是在迎接开发怒江坝的人们。灰青色的怒江，从夹谷间平静地流过去。那芭蕉林子里，一串串的芭蕉从那肥大的叶子间沉重地垂下来。那大片大片的竹林，使这块土地显得更加美丽。不过，使怒江坝美丽的似乎并不是这些，而是那些乳白色和青灰色的瓦房，而是那大片大片地在怒江边的黑土上开花的、吐絮的棉花，比北方高粱还高的玉米，那大片的菠萝田，那已结实的咖啡……不过令人更兴奋的是那些穿着红短裤的小伙子，扛着喷雾器，在棉田里打虫子，那些穿着花布衫、蓝布衫的姑娘拿着箩箩采棉花。

我来到棉作试验站不久，就到屋边的棉花田里看棉花。毛从新，一个粗壮的、脸儿红红的小伙子，挽着裤腿脚乐呵呵地走来说：

"看看这怒江坝的棉花吧！"他看了看我，又把目光投向那大片的棉花田里说，"怒江坝宝气就宝气在这个地方，你看我们的棉花吧，怒江坝一年四季什么时候都可播种，什么时候都可收获，啥庄稼种到这里都可丰收。我们这里不但可以种双季稻，还可以种双季棉花，三季苞谷。"毛从新说着又嘿嘿地笑了。他笑得那样天真而淳朴。

这时，从不远的地方传来两个采棉花的姑娘的歌声，她们唱着：

"如果天上没有雨水，

地上的海棠花不会自己开，

只要哥哥能耐心地等待着，

你心上的姑娘会跑步来。"

在横断山的怒江坝子里听到这样的曲子，使人感到特别有趣。毛从新提醒我：

"你听！我们这里的姑娘可会唱歌哩！现在光棉作试验农场就有90多个，那边青年农庄、国营农场的姑娘也不少呀！只要有房子就有结婚的。等着房子结婚的就有好几对哩！你知道怒江坝这个地方，过去还传说着：要下怒江坝就把老婆嫁哩！现在完全翻过来了。"

太阳还高高地照着怒江的棉花田，那边瓦屋前槐树下敲起了下班的钟。在这钟声刚刚响过之后，有一位同志喊着：

"同志们！今天有电影，要快着吃饭看电影去呀！"

"毛从新同志，这怒江坝子里也能看到电影吗？"我问。

"不光能看到电影，还可以看到戏哩！明天就有花灯戏！"

那些青年小伙子、姑娘们从棉田里、稻田里、咖啡田里、菠萝田里……都回来吃晚饭了。

棉作试验站是多么好的地方呀！它在一个无名的小山丘的半坡上，山实在太多了，谁也不知道这个小山的名字，只知道这个小山包后面耸入云端的是高黎贡山；怒江那面的是怒山。棉作试验站在几排瓦房组成的院落里，栽着几棵木瓜树，木瓜累累，有的已成了金黄色。如果你在北京喝茶的时候，注意那小白茉莉花的话，你在棉作试验站的房前，会奇怪地看到一大排茉莉花。茉莉花在怒江坝的不少地方，确像野草一样没人管它。

吃过晚饭，因为离看电影的时候还早，人们都到江边洗澡去了。毛从新留下来抱着娃娃和我谈话。毛从新的爱人杨金焕也和我们一块坐下来谈。一个深蓝色穿着的近 60 岁的老太太在竹篱房子里涮锅，大院子里还有几个老太太也抱着娃娃在院子里乘凉。毛从新就从这些老太太的身上开始了：

"到怒江坝来，最困难的一关，就是这些老太太，我母亲也包括在内。"

棉作试验站是 1952 年底从芒市搬到怒江坝来的，路过保山的时候，毛从新回家看了看，他母亲知道他们要搬到怒江坝来生产，就着急劝毛从新说：

"在家盘田算啦，年纪轻轻的可不能到怒江坝去，你要去怒江坝，我就不活了。你没听说怒江有瘴气吗？你不知道毛金耀做生意路过怒江坝，在那里住了一夜就得哑瘴死了。谁敢到怒江坝去呀！"

"上级叫去你就去吧！家里有我照顾着。"毛从新的哥哥说。

棉作试验站的张站长也动员毛从新：

"怒江坝最适合种棉花，在那里一年可以种两季，对我们的试验工作更有好处。很多人说怒江坝有瘴气，那是迷信，人们无非是怕得疟疾病，人家说要下怒江坝就把老婆嫁，我们是要下怒江坝先把蚊帐挂。挂上蚊帐就不怕蚊子咬，再吃上预防药还有什么可怕呢。我们一定要在怒江坝创造奇迹。"

"这都是封建时候的说法，实际上也没有什么！"毛从新勉强地对站长说。但实际上他仍然有些怕。毛从新临来怒江坝的时候还特地跑到他的未婚妻那里。

毛从新的未婚妻是乡里的妇女主任，又是青年团员，她对党号召的一切都要走在前头。毛从新问她：

"我要到怒江坝去，你有什么意见没有？"

"没有意见！"杨金焕出人意料地说，"到怒江坝好好地工作，以后我要到怒江坝去找你。"

　　毛从新在试验站工人去怒江坝的第二天，自己也背着小行李卷来怒江坝了。百多里路不到天黑就来到了。毛从新带着恐惧的心情，独个儿下了高大的怒山，出现在他眼前的是一片云雾，云块从高黎贡山上落下来。毛从新疑神疑鬼地问自己：这是"瘴气"吗？难道真的要死这里吗？他爱人对他的鼓励，站长对他的鼓励，使他下定决心走下来找寻他的伙伴。在小路边他找到的不是他们棉作试验站工作同志的住地，而是不知多少年代的废墟。这马上使他想起这次回家时他祖母和母亲说的，那些连医学书上都难以找到的恶性病名。虽然是12月，但天气还是那么闷热，他脱下了棉袄继续找寻他们的工地。找了好久，才找到这大片荒芜土地上仅有一家人家的寨子——独树寨。多么可怕的村庄呀！毛从新思索着：大概过去是个大寨子，人死得剩了一家。毛从新战栗地找到天黑才找到他们那伙人。

　　入夜，怒江坝的蚊虫像敲锣样地在人的周围飞动着。毛从新先把蚊帐挂起来，懒散地躺在小蚊帐里。天刚黑，狼、马鹿、麂子就在近处叫起来了。那个干瘦的小青年包继先，他以共产党员应有的模范精神鼓励大家：你们看这地多肥，长棉花一定很好。咱们只要好好地搞，一定能完成领导给的任务。可是毛从新却不愿听这些。

　　当高大的怒山上的里不戛的人们，看到他们盖房子的时候，就好意地劝他们到山上住，说现在是冬天，天气一热，在这里可不得了。住在远处平坝上的傣族群众也跑来劝他们，说傣族在这里住是"皇帝封下来的"，你们在这里要着瘴气。试验站的几个领导人毅然回答他们：我们要永久地在这里住下来。

　　毛从新说他们刚来到怒江坝的时候，就怕死人，每天夜里总有四个人轮流守夜，专门检查工人的蚊帐挂没挂好、被子盖没盖好。正因为他们讲究卫生，注意身体，他们的身体比过去更健康了，脸儿比过去红了。这些来开荒的人，没事的时候就和怒山上里不戛的人们算细账，使他们知道每天爬 40 多里路上山生产，不如买个蚊帐下山来，再吃预防药就不得疟疾病了。可是大山上的人们还是以羡慕、恐惧的眼光看着他们，看着他们开出来的黑土，听着这群青年人的歌声和琴声。夜里从高山上看看这平坝区新人的灯火。

3 月里天气热起来了，工人们忍受着鬼箭草扎破皮的痛苦，开出了一些荒地，并且播种了长绒棉花。天气热了，人们怕"瘴气"的病根又复发了。毛从新得了疟疾，他思想上又不稳起来。他的脾气不好，因为一点小事就和站长吵起来。正在这时候，他结婚不久的爱人杨金焕来了。杨金焕一来怒江棉作试验站，就爱上了快乐的集体生活，她对毛从新说：

"我们的生活比过去好多了，这怒江坝有多好呀！我们在这里住一辈子吧！"

毛从新对杨金焕热情的鼓励只是冷冷的无言的回答。

在第一次丰收后，试验站里开始建团了，毛从新入团的要求没被通过，杨金焕也为此感到羞惭。她劝毛从新：

"你的性子太急，不应当和别人吵，要服从领导。"

"我的缺点很多，我克服了这些缺点再争取入团。"

从此以后，人人都能看出毛从新争取入团的劲头了。在棉花田需要浇水的时候，他和青年团员辛竹往往从天黑浇到天明，杨金焕夜里还特为毛从新做来鸡蛋面。毛从新为团结傣族弟兄，在工作之余帮他们浇水。为了防备坏人的破坏，在那大雨滂沱的夜里，小两口还背着枪在院子里警卫。在他们愉快的劳动里，1954 年的 7 月谷子得到了每亩 600 斤的丰收，就在这个时候毛从新被批准入团了；就在这时候，杨金焕生了第一个儿子。现在毛从新已经是共产党员了，他也是棉作试验站的生产队长。他们说等不了多久拖拉机就来了，等不了多少天电灯的光亮就会照射到这里来。他们将保证给国家带来更大的丰收，创造更好的长绒棉，赶上新疆的千斤棉花。

怒江棉作试验站的丰收，青年人的优美的琴声、胡胡声，把高黎贡山、怒山上怕"瘴气"而不敢下坝的人们吸引下来了。现在在棉作试验站的周围，在道街坝高级社、国营农场，崩龙族合作社……这一切都象征着怒江的繁荣，蚊子少了，传说里的"瘴气"已成了历史上的名词了。

（1956 年 10 月 10 日发表于《人民日报》第 3 版 ）

孔雀山

"这黑土地可真肥呀！栽上木柴棒子也会开花，如果种棉花的话，不会比新疆少收。"刘小三从地上抓了一把黑土，放在鼻子上闻了闻笑着对他周围的几个小青年说。

我一到青年突击队就问刘小三他们住的小山包叫什么山，他想了半天才说：

"这个小山包没有名字。"停了不大会儿又说，"因为这个山上孔雀多，有人叫它孔雀山。"

"真有孔雀吗？"我问。

"你听！"小三提醒我注意那高昂的咯嘎咯嘎的声音，"这就是孔雀的叫声。孔雀在下罢雨后就叫，我们这青年垦荒队里没有钟表，也没有公鸡和麻雀，早晨喊醒我们起床的就是这些孔雀。天一亮就咯嘎咯嘎地叫起来。"

"你们看到过吗？"我问刘小三。

"我们在田里开荒几乎天天看到，它常常低低地扫着树梢从这个小山包飞到那个小山包。有一次我到那边看荒地，几个孔雀正在一块开屏比美，我走得离它十来步远才飞走。自从我们把这片地开了荒种上庄稼，孔雀就搬到了南边。南风一吹就听得更清楚。"刘小三谈了一会孔雀就转到丰收上来，他说，"今年丰收了，明年这里就会盖瓦房，西面是花园，南面是温泉，将来在温泉那里也要盖上房子，好洗澡。"

谁能不迷这块地方呢！这自古以来就被孔雀和其他鸟兽所占据的地方，现在来了一群勇敢的青年小伙子和姑娘，是他们使这块长满荒草和丛林的土地长了花生、玉米和大豆；是他们使这块土地长了甘蔗和棉花；是他们使这块土地长出了咖啡、菠萝和西瓜……孔雀见了这些新来的漂亮的青年人能不开屏吗？

在这里，你同时可以看到东边的高黎贡山和平静的怒江流水；在这里你可以看到青年男女们牵来的骏马和黄牛，在这里你还可以听到青年男女们最爱吹奏的《兰花花》曲子。

刘小三想到祖国边疆开荒的念头，是看到北京的青年垦荒队在北大荒的原野上开荒的电影后引起的，他再也不能在那个铁工厂里安定下来了。他入迷地想去祖国的边疆开荒。在以往他梦想着当个解放军穿上绿色的军衣，扛上一挺轻机枪。当时别人批评他，说现在又不打仗，工厂里的活和在军队里一样重要。后来他还是被批准到边疆来了。

到边疆困难是很多的，但对刘小三来说，困难就意味着幸福和快乐。什么是困难呢？一个从 8 岁就进到工厂里全靠自己劳动长大的孩子，从纸烟厂到打铁厂，苦头困难不知经过了多少。云南解放后，特别是从他参加青年团后，他的生活真像水缸的鱼儿回到长江大海一样宽广。今年 1 月间，他跟 400 多名青年男女，同时到达了高黎贡山下的怒江地区。青年农场的 400来人就住在叫作新城坝的一个才有 18 家人家的小村子上。在这里连道路都很难找到，一出门就是一眼望不尽的树林子。密得连人也钻不进去，林木的下面是肥沃的黑土。

第二天，开荒正式开始了。有些同志听到动手开荒了，连早饭也没顾得吃。一到那树林里，人们的热情顿时冷下来了，那么多树头，那么多荆棘，到底从哪里下手呢？这和电影上看到的北大荒完全不同。小三是生产队的一个队长，他动员大家按照场里的指示把这些灌木、树头刨掉。这些来开荒的人有的是工人，有的是学生、市民，大多数没种过地，更没开过荒，他们不知道镢头怎么用。地硬得像石头一样，镢头下去只开得一点点。在这坚硬的黑土里，又出现了未曾见过的黑蚂蚁窝。这些蚂蚁有时钻到人的裤子里，像蜂子一样的刺人，很多人要跑到一边脱下裤子捉蚂蚁，树上也有那么多像大葫芦一样大的黄蚂蚁窝，只要刨树疙瘩，黄蚂蚁就会落在头上来，蚂蚁往往把人的脸刺肿。第一天小三队的 60 多个人才开了 3 分地。3 分地在这块丘陵地带该是多么渺小啊！好多人的手上还磨出了血泡；第 3 天不少人把手包起来开荒。夜里有的女同志居然啼哭起来了。她们在这块富饶的土地上看不到光明，连坚强的小三也开始感到困难真正地到来了。

就在他们开荒的日子，农村合作化、工商业改造的高潮从收音机里，从报纸上不断传来。这又引起了他们的不安。有的说：要不来这里自己也参加合作社了；要不来这里，我们工厂也公私合营了；我们的商店也合营了。

就在这时候，农场里提出了劳动竞赛的号召。5 面优胜红旗落在刘小三队里 3 个。

2 月里，全场开了 500 亩田，人们的目光看得远了。人们手上的茧老了，他们种的棉花苗出来了，龙舌兰也活了。有一天场长杨一堂站在棉花田里指着较远一点的丘陵地带对小三说："我们需要调出一个队把那片荒地开出来，直到怒江边。"为了保证完成国家的开荒任务，场里需要成立个突击队。

小三的思想震动了，我们这个生产队是不是去呢？这里还有饭吃，总算有个房子，要到那边去同志们是不是去呢？小三思想一横：共产党员就是来克服困难的，我刘小三有什么困难不能克服呢？休息的时候小三向他们第三队的同志说："这附近的荒地开得差不多了，场里提出要一个生产队出去开东面那片片荒地，我们这个队去吧！"

"管他困难不困难，我们这个队要搞到前面去。"有几个积极的小青年当场就向刘小三表示了。只要有了积极分子就好办，小三几乎把全队60来个人全部调查了一遍，他知道有20多个人愿意去，其他人，如果开个会向大家提出也会不成问题。两天后，小三向大家提出争取当个青年突击队。当场大家都表示了要去开荒的决心。可是会后却有几个女同志哭起来了。有的说她的小竹床刚刚做好就又走啦！有的说到那块地方连个房子也没有，吃饭得从这里扛粮食。正在这时候，场里的规划出来了，小三给大家讲了规划说："我们青年垦荒队东边要开到怒江边，南面要开到芭蕉林河，今年丰收了，明年就要盖瓦房，我们场里的汽车等不了多久就买来了，等不了多久，有爱人的就可把爱人接来，愿意结婚的就登记结婚。"

"队长带头，队长带头。"有些人嚷嚷着。

"我没有。"小三说。

"有啦！还不敢公开，是一个18岁的姑娘，扎着两条辫子，是个学生。"

这天晚上，青年垦荒队的人们还为到怒江边的那片红土岗岗上开荒举行了跳舞晚会。

2月4日，刘小三带着他的第二生产队往东面山冈上来了。在这几天以前小三来过好多次，他可真喜欢这片土地，山上的水完全可以引下来灌溉，这样的土地，真是想叫它收多少就能收多少。

他们来到这里的第一个工作，就是砍竹子割茅草盖房子。没有房子，夜里他们这一伙青年睡在一棵不知名的大树下。虽然疲惫了一天，他们还是吹口琴、拉二胡、吹笛子，直到半夜还不睡。为了防备野兽的袭击，在树边弄了一堆火。同志们睡着了，小三还是合不上眼。虽然是2月，虽然在无遮拦的树下，有些人还把被子蹬在一边，小三一会起来瞧瞧给那些蹬开被子的人再盖上。天刚亮，小三就被近边的咯嘎咯嘎孔雀叫声喊醒了。同志们早早地起来，有的砍竹子，有的割茅草。正割茅草的时候，几只孔雀在近边开屏了，多美呀！往哪里找这样的好地方呢？有人说：将来收入多了，家园盖好了，一定要抓几只小孔雀养在花园里。

勇敢的人在艰苦的日子里显得更快乐。30 日的夜晚，男同志的房子还没盖好，狂风卷着大雨来了，小草房被风吹得吱吱叫唤，外面下，屋里也下，被子、衣服都被淋湿了，这些男女青年都在狂风暴雨的节奏里唱起向荒地进军的歌子来。小三听到这些人的歌声乐得合不上嘴，他默默地想着：没问题了，有这些好青年还怕什么困难。

没有料想到的困难又降落到他们的头上来。那些灌木丛下的像坟头样的土堆，都是蚂蚁窝。很粗的树木被它们咬死了。人们要把那密如蛛网的树根刨下来，把那蚂蚁窝铲平打碎，把蚂蚁烧掉。一天仅仅开那么一点荒地。

场长杨一堂到这块新地上来，这个老成的青年垦荒队的领导人表现了对刘小三的不满，他说："你们在那边 10 个人一天开一亩，到这里怎么开这样一点点。"

第七队和第四队调来帮助他们了。这些青年一看第二生产队 5 天才开了 6 亩地，故意逗他们说："你们这优胜队可不简单，你们可是全场的旗帜啦！"

第四队、第七队的同志第一天就有几个把镢头刨坏了，有的人一天还刨不掉一个树疙瘩。场长叫他们修订计划。小三跑到近处的团结农业合作社，问他们在这里怎样刨树疙瘩。团结社的人教他们先把树根刨掉，然后用大木棍子掀。这个办法使他们工作效率提高了一倍。

我到孔雀山的日子，"青年突击队"的光荣称号已经落在刘小三的队里了，刘小三的爱人从红河边寄来了无限鼓舞的情意。

是勇敢的青年的双手，使横断山多彩了。在这个地方像很多地方一样，生活在沸腾着。在这里，年轻小伙子和姑娘的歌声，从早唱到晚，唱到深夜。歌声和着孔雀的叫声，歌唱着这勇敢的劳动和创造。

（1956 年 11 月 18 日发表于《人民日报》第 3 版）

在崩龙人的村庄里

很久以来就想看看兄弟民族的生活，了解我们的党在兄弟民族地区的工作。在云南龙陵县访问的时候，一个偶然的机会使我住在高黎贡山下的崩龙人（德昂族的旧称）的村庄里——那线村。①

未到那线村时，龙陵县霸王区里的同志告诉我：那线村里说普通话说得好的是会计董大新，找到他，翻译问题就好办。我到那线村时，区供销社的一个青年也在那里等着他。他问一个正在破竹子的老头，董大新到哪里去了？那老头说县里派来了兽医站的同志给猪打针，他们给这个村上的猪打了针就一块出去了。那青年正想走，一个头发蓬松的三十五六岁的人，半挽着裤子进来了，这就是董大新。那个供销社的同志把他们缺少什么东西问了一遍，就问他们定做的蚊帐合适不合适。董大新高兴地拉着我看他家的两架蚊帐，那两架雪白的蚊帐在轻风吹透的竹墙里摆动着。谁能晓得崩龙人兄弟对蚊帐感到这么亲切呢？原来这是当地的工作同志怕崩龙人民

---

① 那线村：今属云南省保山市隆阳区。

● 云南省保山市隆阳区潞江镇芒颜村那线村民小组，德昂族民居。（隆阳区委宣传部供图）

再得可怕的疟疾病，特地贷的蚊帐款由区供销社定做的。

"你看共产党对我们崩龙人多么关心！"董大新说着眼里闪着无限激动，又仔细地看看他屋子里挂着的两个白蚊帐，看看他床上的毯子说："共产党不来，我们崩龙人不敢到这里来，这屋子和屋里面的东西都不会有，没有共产党，这稻子、甘蔗、棉花不会在我们的田地里长。"

确实，董大新这几句话表达了崩龙人民生活的重大变革和对党的感谢。世世代代崩龙人都住在高黎贡山的云层上面，在那高大的高黎贡山上开点土地、种点玉米。每年收获的粮食仅够一两个月吃的。他们不得不从高黎贡山上走下来租山下地主的土地耕种。每天早上跑 20 多里下山来种田，每到傍晚再跑到山顶的村庄上去。世世代代都这样跑下跑上给地主种田，但他们世世代代都饿着肚皮。他们大中寨的 80 多户人家在过去没有一家有被子，在高山飘雪的日子都是燃着火睡觉。在以往这高黎贡山的崩龙人，隔不了几年总会有一场灾难，使他们这个村庄上成百人死亡。董大新说："我记事以来，大中寨的崩龙人有6次大灾难，最多的一次死了190多个，1943年我母亲和妹妹得恶性病死了，1944年我的兄弟死了，1948年我的老婆和一个孩子死了；共产党来后我又成了家，有了孩子。"董大新说着轻轻地把他的小姑娘搂在怀里。

一个穿黑条红筒裙的妇女，她做着针线活，也凑近来说："共产党早来两年我母亲就死不了啦！"她低下头来像回忆无限悲惨的往事，没等别人开口她又说，"同志，前年我们这个小村上又有了'瘴气'，死了17口人。政府听说有了'瘴气'就派人来治病，要不然，咱们也见不上面了。"

这个小小的那线村的变化，是最近两年的事。1953年这里传来了土地改革的风声！当地的地主们就跑到高黎贡山上的大中寨说：他们愿意把土地让给崩龙人种，不要租子。大中寨的崩龙人从高山上迁来40多户。他们来后的第二年，疾病紧紧追赶着他们来了。40多户人家死了17口人。政府听说这里有了恶性传染病，连夜派人来急救，才算停止了。怕疾病的崩龙人又搬回山顶上的大中寨，现在就留下10户人。去年土地改革了，这些从来就没有水田的崩龙人得到了水田，接着他们寨子上又成立了合作社，当地的区委会亲自派人帮助他们生产，叫他们到农场里学习选种，就这样他们才得到了丰收。今年，他们又种了双季稻，种了大片片的棉花，可以说这里的崩龙人是第一次种棉花，他们开始施肥。那肥沃的黑土上施肥的玉米，长得比北方的高粱还高。他们这里永远不知道干旱，因为到处有山间的流水；他们也不会被淹，因为他们在高黎贡山的山脚下，现在这个小小的那线村里，猪群、鸡群、牛群使它显得更加丰裕。

那线村的崩龙人，清楚地知道他们过去之所以经常得流行病而死亡的原因，就是穷困和不讲究卫生。现在每家的房子里都打扫得干干净净，现在10家人有19个蚊帐。他们正学习文化，董大新就是积极学习的一个。不管

德昂族八步舞。（隆阳区委宣传部供图）

在田间休息的时候，还是到别的地方去，见了干部或者识字的人，只要他有不认得的字就会发问；现在他们那线村的人名字，他都能写得来。在那线村不少男女青年都买了水笔和笔记本，在休息的时候就互相教学。

　　这天晚上，我住在这个新兴的兄弟民族的村庄上。人们在吃过晚饭后到董大新那里记工分，其中也有姑娘们凑来闲谈。董大新拿出葫芦笙吹起来，另外一个姑娘用口弦和着。这种乐器的声音听来特别优雅。董大新吹了一段说："我们崩龙人串姑娘时，就用这葫芦笙，在屋外一吹，姑娘就出来了，姑娘们知道她最喜欢的小伙子的葫芦笙的声音。我这老了。"董大新闪烁着快乐的眼睛，看着那灯影影里的姑娘说，"你看，那个李小安就有好多小伙子来串① 她”。

李小安，一个才 17 岁的姑娘在灯影里用手遮着面孔。董大新说着唱了他们村庄上流行的串姑娘的调子：

过去我是个穷人家，

家里穷得一样也没有，

就是连父母也没有；

我想送给你鹿子②吃也没有钱买。

我要再唱一遍，

如今有了共产党有了田和牛，

你就会把我爱。

屋子里的青年男女听着董大新唱，也咯咯笑起来。董大新唱完又捧着葫芦笙吹起来，这优美的笙声和快乐的歌声直到深夜……

（1956 年 12 月 6 日发表于《人民日报》第 4 版）

---

① 串姑娘是选择恋爱对象的意思，一个青年姑娘可以有很多的小伙子串，最后由姑娘决定。
② 鹿子是妇女嚼的一种东西，用来染牙齿。

钱江在洱海

钱
江

作者简介

钱江，人民日报高级记者，曾任人民日报海外版副总编辑。1954 年生于北京，1987 年获中国社会科学院研究生院法学硕士学位。1987 年 9 月，钱江受命担任人民日报社驻云南记者站记者，1988 年 5 月任首席记者，1991 年调回北京。

鲁奎山启示

传统方式的审视

兴办矿山的传统方式是：国家投资、征地，修路拉电，招收职工，同时建宿舍、办学校，还盖电影院……矿山成了五脏俱全的小社会。

由此往往带来一些很棘手的问题：滇中易门县狮子山铜矿区，原先林茂泉丰，50 年代是个富饶的地方。后来国营铜矿上马，自成一个天下，挖矿几十年。山挖空了，树砍光了，水源也挖断了，待要转移矿点，过去铺下的摊子是个沉重的负担；而当地群众生产并没有带动起来，"坐在金山上缺饭吃"，山寨成了贫困乡。

云南的矿产资源大多分布在少数民族居住的山区，这个问题十分普遍。

如今，为了与昆明钢铁公司扩建工程配套，位于易门狮子山以南的新平自治县鲁奎山铁矿要上马了，还走过去的老路吗？

鲁奎山主矿体附近的高山上，彝族山民聚居的三个乡都是贫困乡，1985年人均收入方及百元，人均口粮不足 300 斤。要开大矿了，彝族山民不安地望着一批批上山的勘探者。

走一条改革之路

云南省有关部门于 1986 年 8 月决定，走一条投资少、见效快、经济效益高，使当地群众得到实惠的新路：鲁奎山铁矿建设从原先昆钢改扩建计划中分离出来，由新平自治县来办。昆钢和矿山为两个经济实体，签订合同明确双方关系：昆钢按预定计划向矿山建设提供有偿无息贷款和有偿技术服务；铁矿保证在 1990 年正式投产后，每年向昆钢供应 40 万吨优质铁矿石。矿山建设坚持政企分开，不搞小社会，服务性设施全由当地政府负责。

还有一条，改革用工制度，除必需的管理人员、技术人员外，技术性较强、工作较固定的（约占职工人数的 40%）招收合同工，其余 60% 招收农民轮换工，两三年一换。

少花钱　高效益

一年多过去了。记者爬上海拔 2000 米的鲁奎山，看到矿山建设正在按计划、有秩序地稳步进行着，改革矿山建设的措施初见成效。

首先是投资省了。社会公益设施不用矿山投资，不搞"小社会"，节约大量非生产性投资。更主要的是，地方办矿把矿山利益和群众利益紧密结合，群众热情高涨，注重经济效益。按昆钢原设计，铺设矿区公路 13.8 公里需投资 400 万元。现在由地方自己来办这件事，征地问题迎刃而解，筑路队伍招之即来，用了 3 个月 140 万元就修成了路，于今年 8 月通车使用。节省 260 万元。昆钢来人看过以后说："要是我们办，恐怕征地还没有完成呢。"

玉昆钢铁产能置换升级改造项目快速推进。（曾永洪 摄）

　　矿群关系密切，效率快。矿山开发与区乡村的一些矛盾，如征地等容易疏通解决。矿区开采用水原拟取用山间的石屏河水，须接水管 8 公里，扬高 800 米，计划用 300 万元。当地彝族山民深感建设矿山与彝乡脱贫的关系重大，丕且莫乡的山民毅然让出他们赖以种地、吃水的大水潭水量的 1/3 给矿山。此处距采区用水点为 2.4 公里，结果花了 21 万元就把事办成了。对农民因让水造成的 30 亩地失收和其他损失，矿山给了合理补偿。双方都满意。

　　令人欣慰处还在于，记者在鲁奎山顶露天剥采区见到了手拿锹锄辛勤劳动着的彝族农民工。丕且莫乡 48 岁的彝族党支部书记张振林十分动情地对记者说："我们感谢大矿山。"

"我们感谢大矿山"

鲁奎山建设正在使彝乡脱贫。电灯拉进了丕且莫乡两个自然村，去年矿山建设才几个月，丕且莫乡的人均收入就增加了几十元。今年势头更好，参加开矿者的人均收入成倍增长，七八户人家买了收录机。

鲁奎山矿还优先录用了 63 名特困乡的知识青年，把他们送往昆钢等单位培训。培训期间，农民身份不变，不转粮户关系，最后根据学习状况和自身条件确定使用性质。他们将是鲁奎山第一代少数民族技术工人。

遥望山下的扬武镇，新的市政引水工程已经完成，一座中学的新楼正待开工。宁静的小镇充满生机。一条新的矿山建设之路在鲁奎山铺开了，这条路的指向明确地告诉人们：国家开发资源，要与振兴当地经济相结合。

矿长周雄对这条路很有信心。他说："按这个势头，这座年产 50 万吨矿石的中型矿山，很可能提前建成投产。"

启示在哪里？（短评）

这篇通讯提出的问题带有一定的普遍意义。"鲁奎山启示"的实质就是，国家开发矿业（包括开发各种自然资源）都要认真考虑，在国家获益的同时，推动和发展当地的经济建设。

这个问题在少数民族地区尤其值得注意。我国相当一部分矿业资源，分布在少数民族聚居的边疆、山区，由于历史的原因，这些地区的经济文化比较落后，脱贫致富的任务相当艰巨，需要通过开发资源使当地群众富裕起来。过去，建设矿山（包括林场）、开发资源全由国家包下来，统一招工，搞大而全的联合企业。实践证明这样做不尽符合各地的实际情况。

鲁奎山铁矿建设走的是一条改革之路，搞多种经济形式和多种经营方式，通过合同方式确立密切配合、协同发展的生产关系，帮助少数民族群众脱贫，结果使矿山开发如鱼得水，深受群众欢迎，矿山建设速度也因此加快了。对于建设中、小型矿山（也包括相当规模的资源开发），这种做法可供借鉴。

（1987年10月27日发表于《人民日报》第4版）

追踪双轨制

在云南采访，无时不感到这里的经济生活正在活跃起来，同时，也常常感到一只无形的手——现行价格体系中的双轨制，正在困惑着这里的人们。这种情况使记者沿着双轨制的运行进行了一番追踪采访。

历史地看待问题

经济学家、云南省物价局副局长钱德山认为，在探讨价格双轨制问题的时候，不应该忽略它的"历史功绩"，这至少有两点。

首先，在 80 年代初形成双轨制体系，是为了形成一个国家宏观控制和企业、市场微观搞活相协调的机制，以便从僵化的、久已固定成形的产品经济绝境中走出来。确立双轨制，让企业将超指令性计划的产品以市场价格出售，无疑为企业松了一次绑，使企业的经营作用得到加强，从而增添了企业一些活力。

其次，形成双轨制体系，是中国经济改革中的一次探索，是走向市场经济，让市场调节充分发挥作用的勇敢尝试。双轨制确立了，很快形成产品经济和市场经济两个体制并存的格局，人们因此得以鉴别、比较，从而使理论思维活跃起来，也锻炼了企业家。这就为深入改革、为经济生活走出双轨制创造了条件。

当然，双轨制存在着弊端。

原材料生产的"冷凝剂"

在企业界采访，几乎每一位厂长都向记者诉苦："原材料涨价太厉害了，见风涨，企业辛辛苦苦靠提高效益得到一点好处，原材料价格一涨，效益全没了。"

为什么会出现轻、重工业原材料全面缺乏的状况？原因之一，就是双轨制在兴风作浪。

双轨制价格主要针对原材料和某些紧缺的初级加工品而言。国家对一些紧缺原材料制订计划价格，完成计划任务之外生产的产品可以议价销售。计划价格是相当低的，这使许多原材料生产无利可图，缺乏活力，难以扩大再生产。以云南的榨糖业为例，在近期提价前，按计划价每生产一吨白糖，工厂利润不足 9 元。矿山更是如此，云南铜矿、锡矿产量停滞不前甚至下降，重要原因正在于矿石产值太低，难以吸引建设资金的投入。

相反，加工工业有着较高的利润，促使各地竞相上马，使得原材料更显紧张。

在价差的背后

原材料生产的不足和加工业的蜂拥而上形成了鲜明对照，巨大的供需矛盾使原材料价格一跃再跃，议价往往超出计划价格的一两倍。而国家只能向企业提供部分计划价格原料，这就使企业时常处于困窘的处境。

云南本是铜的产地，铜的计划价格每吨4000多元，可是这个价的铜根本见不着，议价已经接近2万元。现有工人400人，还负担着300名退休职工的昆明有色金属铸造厂，对此深有雪上加霜之感。

昆明电工厂厂长告诉记者，他们厂生产电机用的矽钢片，每年都有不小的缺口，只好去求"官倒"。

计划价和议价的巨大价差，为某些既有行政权又有经营权的公司提供了"倒腾"的广阔天地。

据云南省物价局介绍，1987年全省查获价格违纪情况1.5万件，其中，钻生产资料和消费资料价格双轨制的空子，搞"平转议"倒卖获利的占40%。而这类有权有物的公司，大多是政府的某些部、厅、局为了消化富余人员而办的，与本部门有着千丝万缕的联系。

很清楚，"官倒"就像是结在价格双轨制上的一串串毒瘤，严重妨碍着流通领域的正常活动。

走出双轨制

在采访中，记者问过许多厂长："如果走出双轨制，原材料价格放开，企业能承受住吗？"乡镇企业、集体企业，回答极简单："没问题。"国营企业的回答是："开头可能会有点难处，过后会适应的，归根结底是能够承受的。"

自然，走出双轨制，使企业义无反顾地迎来了市场经济的新秩序，也迎来市场风险，有些企业可能被淘汰，大企业也可能转化为股份公司向社会转让股份。但整个原料生产会活跃起来，流通渠道也将随之顺畅。

（1988年9月7日发表于《人民日报》第2版）

走出鲁布革

云贵边界，烟雨笼罩黄泥河。5 月 21 日，鲁布革水电站第三号机组并网发电。至此，电站的主要工程宣告完成。黄泥河卷起不尽的浪花，与电站建设者——水电 14 局施工队伍豪迈地道别。

冲击波下的阵痛

对鲁布革，14 局人充满了难以言喻的感情。这里卷起的"鲁布革冲击"推动了重点工程建设的改革，80 年代中后期，我国各大型工程纷纷采取招投标的合同管理制方法，提高了效益，缩短了工期。鲁布革工程进入建设高潮时，有着近 2 万职工的 14 局已在考虑下一步怎么走。指令性大工程项目没有了，在新形势下企业该怎样生存、发展？

多少年来，他们是与大江大河为伴的水电"吉卜赛人"，逐电站为居。一个电站修好了，他们放下一批儿女，又搬向一个新的河湾，把一代又一代人的青春，献给在深山峡谷中奔流的江河。现在，他们要建立后方基地，以适应招投标和目标化管理的需要。因此，他们必须承建饱满的工程。鲁布革人由此一肩挑起了两副担子。他们投入了激烈的招标竞争。初战告捷，1986年漫湾大电站招标，他们中了公路标、导流洞标。但没想到在主要的大坝浇筑投标中失利。接着，再挫于四川二滩，三挫于福建水口。你这里改革了，先行一步，人家那里或许还没有动作呢。新旧两种体制撞击了，火花四溅。他们在两年里四处投标，中标率不过20%。后续工程不足，全局震动。

他们品尝了改革的甜果——机械设备更新、科学管理增强，也领略了改革的阵痛。后退吗？去要项目？他们不干，而是冷静分析基建形势，继续大型工程投标，也搞中小工程投标。同时在局内进行"以总承包为目标，四位一体，两层分离"的企业结构改革。

这时，广州抽水蓄能电站着手招标了。

走向珠江入海口

"广蓄"是深圳大亚湾大型核电站的配套工程，选址于从化北部山区，在这里将建起上、下两个水库。核电站一投产必须昼夜平稳发电，进入深夜用电低谷时，蓄能电站即用多余的电力把下库水抽到上库，将电能转化为位能，到白天用电高峰再将上库水放下来，利用高水头发电，水量循环使用。"广蓄"装机容量120万千瓦，超过鲁布革一倍。

4公司副经理姚柏年赶往广州，爬上从化吕田山，实地踏勘这块丛林密布、山势起伏的库址。大亚湾核电站已开工3年了，"广蓄"必须迎头赶上，最后同步运行。蜿蜒的林间小道告诉先行的建设者，到这里施工，你们将没有准备期！

14局决心拿下这一标，实现战略转移。1988年5月31日，离截标规定时间只差5分钟，姚柏年走进业主办公室，投出标书。

◆ 鲁布革水电站。（鲁布革电厂供图）

　　挟"鲁布革冲击"之势，他们经受了业主——"广蓄"电站联营公司的慎重审查和选择。半个月后，14局中标了。中标次日，主任工程师、主任会计等一行管理人员赶到广州。他们志在必得，预先买好了机票，如果不中标，那就退票。5天后，先遣队伍在库址名不见经传的小杉村开伙。7月初，工程急需的大型设备运到广州。这是建局30年来最快的进点速度。他们必须抢速度，因为主体工程只有44个月，而世界发达国家的同等规模电站，工期都在5—7年。

　　这是一次壮观的机械大转移。470余台大中型设备从珠江之源的黄泥河上，跨越千山万水，走向珠江入海口。最后的路最艰难，几十公里行进在崎岖山路，沿途40多个桥梁涵洞必须用大量工字钢临时加固。有一段山路急转，车载的长管道转不过去，只好把它拦腰割断，到了工地再焊起来。

一辆40余吨的台车行进中外轮塌方，一个轮子悬在空中，车身倾斜，眼看要翻。领导命令全体人员跑步赶到那里抢救，硬是把塌方处支垫起来，使台车终于通过。他们赶在公路修建者的前面了。8月20日，主体工程强行开工。

鲁布革人走出鲁布革了。他们手头不再有现成的项目，未来的发展必须依靠企业自身的努力，14局完成了从自营化管理向目标化管理的大转折。

抓紧"广蓄"建设的同时，他们还在漫湾、天生桥两大电站承建部分工程，并承建了一批地方中小型水库。当年在鲁布革厂房施工中带领职工学习国外先进管理方法的黎汉皋，如今是云南中屯水库的项目负责人，他带领一支精干队伍于今年2月提前7个月完成水库大坝填筑，全年生产劳动率达5.7万元，超过日本大成公司在鲁布革的水平。

就这样，14局拿稳"广蓄"主体工程之时，他们先后在西南和中南地区承揽下近30座电站和水库工程，投标夺标率上升到了50%多，达到了大型水电施工企业的高水平。1989年，全局完成工程投资2.56亿元，比上年增长33.8%。

对14局在艰难条件下的施工，业主单位给予了好评。也许，从今后他们该不叫"鲁布革人"了，将改称"广蓄人"或者其他工程的"人"……但是，他们仍将永远记着自己是中国的水电建设者，中国第一座大型抽水蓄能电站将在他们手中崛起。

（1990年7月27日发表于《人民日报》第2版）

李春雷

作者简介

　　李春雷，北京大学中文系毕业，中国社会科学院研究生院研究生学历，高级编辑。1980年2月进入人民日报社工作，30多年来一直从事新闻工作。曾任人民日报、人民日报海外版编辑、记者，编辑组组长、人民日报群众工作部副主任。报纸编采业务曾涉及政治、经济、文化等多个领域。曾任人民日报云南记者站站长，中国能源汽车传播集团董事长兼中国汽车报社社长。

河口一日

5月18日上午，云南河口中越界河上，10多艘民间贸易货船完成使命，静静地停靠岸边。一座修复一新的铁路、公路两用大桥横贯两岸，两岸河堤和桥头人山人海。中越两国边民盼望的中国河口—越南老街口岸正式恢复开通。

开通典礼结束后，界河两侧中越群众如潮水般涌上大桥，进入邻国。

记者随着人流走过中越大桥，只见越方桥头有几个人穿戴着孙悟空、猪八戒的服饰和面具，在音乐伴奏下跳着舞迎接客人。记者向"孙悟空"走去，扮演者是位60多岁的退休电工，名叫吴洪森。他说："开通口岸对两国人民是好事，会促进两国经济发展。我有个亲戚在河口邮电局工作，近年常来往，现在更方便了。"这天的老街街道多是观光的中国游人，有的在小摊上品尝风味小吃，有的上邮局把国内带过来的口岸开通纪念首日封贴上越南邮票、加盖越南邮戳。

河口街上则是另一番景象。过来的越南边民挤满了街道和商店，他们多数忙着购买缝纫机、啤酒、暖瓶、白糖及其他日用商品，肩扛手提，满

河口口岸。（马熙腾 摄）

意归去。

夜晚的中越大桥灯火明亮，不少人仍在桥头流连忘返。据河口边防检查站统计，这天中越两方过境人数约 1.5 万人次。河口，这个古老小镇，自 2000 多年前的秦汉至今，一直是中国西南通往东南亚的要口。近几年，随着中越关系正常化，这里双方边民的民间互市和边贸迅速发展，每天有 2000 多人来来往往。去年河口瑶族自治县边贸额达 1.4 亿多元。国家级口岸恢复开通，给河口注入了新的活力。

（1993 年 5 月 23 日发表于《人民日报》第 4 版）

澜沧江上筑丰碑
——漫湾水电站建设者剪影

1993 年 6 月 30 日，滇西山谷传出令人振奋的消息，国家重点工程——漫湾水电站第一台 25 万千瓦机组正式发电。从此，千古奔腾不羁的澜沧江被驯服，滚滚南去的江水化为强大电流开始造福云南边陲各族人民。

云南有大小河流 600 多条，重要的有 180 多条。可开发的水电装机容量 7117 万千瓦，占全国的 1/5 多。金沙江、澜沧江、怒江三大水系，被专家称为水能"富矿"。

历史绵亘千载，江水付诸空流。到 1984 年，云南全省工农业生产总值比 1978 年增长 62.8%，同期能源只增 7.4%，当年电力出现严重缺口。去年到今春，全省出现大范围持续干旱，占全省装机容量 65% 以上的水电站，均在枯水期出力不足甚至停机，预计全年将亏缺 12 亿千瓦时电力。世界发达国家水能资源开发率已到 50% 左右，有些国家高达 70%，我国约为 7%，云南仅有 3%。3700 万人民要走上富裕之路，合理开发和利用水能资源，势所必然。

漫湾水电站大坝。（中国华能集团有限公司云南分公司供图）

　　漫湾水电站地处澜沧江中游云县和景东县的交界处，设计装机 6 台 25 万千瓦、共 150 万千瓦机组，年发电量 77.95 亿千瓦时，首次采用中央和地方联合投资建设国家重点水利工程的形式，当时是我国在建的第二大水电站。它的开工建设，揭开了澜沧江水能资源开发的序幕。计划到今年底，第一台机组发电 5 亿千瓦时，电费收入 8000 万元；按每千瓦时最低创造产值 3 元计，半年可创产值 15 亿元。1995 年前期工程 5 台机组发电，年发电 63 亿千瓦时，年可创造产值近 200 亿元。水电作为基础产业也将成为云南的又一优势支柱，除给工农业提供动力外，还为进一步开发澜沧江积累大量资金，最终对云南经济的腾飞起到巨大的推动作用。

　　漫湾水电站发电后，云南的电按计划如期送往广东，还将送往中南、华东以至东南亚邻国。

漫湾水电站犹如一座丰碑，它结束了江水空流的过去。当强大的电流送到工厂、城市和千家万户时，人们忘不了那些长年工作在澜沧江畔的水电工人。

漫湾水电站傍依海拔 3000 多米的无量山，冬季山顶白雪皑皑，寒风刺骨；夏季峡谷气温达 40 摄氏度，酷热难熬。在这里，五六千名水电职工曾受到水毁路断的围困，面临过大面积滑坡的威胁。他们没有退缩，迎难而上，实现了电站提前半年发电，写下了我国水电史上壮丽的一页。

水电 14 局是在云南的崇山峻岭中练出来的一支队伍，在漫湾工地承担主体工程导流泄洪 3 条隧洞的开挖工程，其中 1 号导流洞是保证截流的先导工程。施工队伍刚刚进入工地几个月，连降暴雨，给工程施工造成了毁灭性的破坏。

时间只有 18 个月。按设计要求，导流洞开挖断面宽 16 米、高 19 米、长 485 米，是当时国内水电工程中规模最大的隧洞。施工现场下临滚滚奔腾的江水，上顶近百米高的悬岩陡壁。这么紧的工期，这样恶劣的环境，要打通规模空前的隧洞，工程难度极大。当时国内外几批专家考察现场后，不少人认为 18 个月打通绝不可能。

而 14 局的职工决心创一个奇迹！

正当他们施工时，工地连遭 3 次洪水袭击。暴雨和洪水冲垮了现场公路，工人们辛辛苦苦架设的风、水、电、通信管线路，以及修理车间、工棚和部分机械设备被大水冲走或毁坏。整个漫湾成了欲进不能，想退不得的"孤岛"，千把人的生活都成了问题。

洪水袭击耽误了 3 个月工期，本来就紧的 1 号导流洞工期，紧上加紧。

"夺回工期，我们拼了。"在抢工期、保截流誓师大会上，14 局提出这样的口号。

这里没有节假日，每班工作均在 12 小时以上。

数百米深的隧洞里，爆破后散不净的烟尘以及各种大型运输车辆、机械设备排放的油烟弥漫着，呛得工人胸闷。

在这样的条件下，工人们不断创造了洞挖月强度、进尺和混凝土浇筑班产、月强度等多项新纪录。终于，导流洞如期完工，保证了漫湾水电站提前1年实现了大江截流。

在漫湾水电站工地上施工的中国水利水电长江葛洲坝工程局、14局、3局和8局，都是国内水电施工队伍中的佼佼者。不管他们来自长江、黄河两岸还是西南的崇山峻岭，无论局长、处长、队长工人，他们有的新婚相别，有的走出大学校门踏入工地，有的无法给老人尽孝，他们的事迹可歌可泣。

在工地上一干就是7个年头的杨凤梧，现任电站工程第一副总指挥、葛洲坝施工局副局长。这位混凝土拌合、制冷专家，从广西岩滩水电站工地回到湖北宜昌的基地住院摘除胆囊后，身体刚恢复，又上了漫湾工地。

1989年1月，大坝浇筑工程刚刚开始，电站左岸山体边坡发生大面积坍滑，塌方10万多立方米，打乱了整个施工部署，工程一度瘫痪。还剩16个月，已完成的混凝土浇筑量刚过50%。在背水一战的日子里，14局原副局长杨凤梧日日夜夜忙在工地上，常常几天几夜不睡觉，有两次因太累，昏倒在工地上。工地上有难题需要解决，一个电话过来，杨凤梧拔掉正在输液的针头，起身就上现场。葛洲坝施工局一处，是大坝浇筑的主力。在冲刺阶段，除保发电日期外，必须将130多米高的大坝浇筑到规定的高层，以安全度汛。34岁的副处长周伟要协调十几个施工队之间的生产环节、安排生产，昼夜三班盯在工地上。实在太累了，就随便找个地方睡几小时。他原来是篮球场上的主力，来工地5年，由于长期劳累，已早生白发，腰也略有点弯。他和处长傅济繁所率的施工队，在极度困难的条件下，创造了台班浇筑混凝土118罐的全国同行纪录。周伟和傅济刚双双被原能源部、共青团中央授予工地仅有的"共和国重点工程青年功臣"称号。

记者和杨凤梧3次谈话，事后阅读有关资料时发现，有盘录音带的故事他没提。

1989年春节期间，杨凤梧在工地收到在宜昌家中的妻子托人捎来的一盘录音带——

大女儿：爸爸，我好想你呀，好想你……（抽泣）每次过年过节，我都在饭桌上摆上你的碗筷，给你斟上满满一杯酒。爸爸，我没忘记你走时的交代，为妈妈分忧……（抽泣）

父亲：凤梧，你身子骨弱，又开过刀，在外工作，特别要注意保重身体。你不能回家过年，我和你妈都能理解。我们现在身体还可以，不要为我们操心。

妻子：凤梧，叫我说什么呢？与你结婚28年，在一起生活的时间不到3年半！谁知你一干上工作，一不顾自己身体，二不顾老婆。元旦前的一个晚上，老三发高烧，凌晨3点多，我背他去医院，一次次摔倒在雪地。这时，我体会到做水电职工的妻子真难啊！我只是希望你多一点时间生活在我们身边，哪知这点要求都不能实现。可是，我不希望我的丈夫是个懦夫，被人瞧不起。我支持你的事业，家里的事我都能承担，只是求你在外一定要把生活、工作安排好，自己照顾好身体，我求你了……（哽咽）

让狂暴不羁的澜沧江、巍巍连绵的无量山做证。来自各方的水电职工在漫湾水电站建设中，创造出了我国百万千瓦级大型水电站建设工期短、质量高、造价低的优异成绩。

人们不会忘记：在截流、坝基开挖工程中立下奇功、两年前班师北上的水电3局的英雄；果断、及时治理边坡塌方的工程兵指战员，以及给予工程有力支持的武警水电部队，多次徒步实地考察勘测、进行规划设计的昆明水电勘测设计院的科技人员……漫湾水电站工程管理局以局长贺恭为首的专家和管理人员，他们以主人翁的姿态代表国家和业主的利益，在电站建设的组织管理中走出了一条新路。

人们将永远怀念几十位为电站建设献出生命的英烈，他们用鲜血书写了丰功伟绩！

（1993年11月29日发表于《人民日报》第1版）

云南有偿转让"四荒"土地

3400 万亩宜林荒山，是云南这个边远山区省调整农村产业结构，加快群众脱贫奔小康的重要生长点，也是我国长江、珠江等 6 条大江大河综合治理的重要一环。围绕 90 年代林业改革和建设的主要任务，云南省委、省政府结合实际，加大林业改革力度和深度，新近出台了林业种植、经营和管理的改革政策，以保证 2000 年基本消灭现有宜林荒山。

——在坚持所有制不变的前提下，对荒山、荒坡、荒滩、荒沟（"四荒"）土地以拍卖的形式实行经营权有偿转让，期限 50 年至 70 年，由县、市政府发给土地使用证。"四荒"开发除建造高产稳产农田外，主要用于开发林果业，不准开荒种地。林果谁种谁有，允许转让、继承和买卖。有偿转让的"四荒"必须限期绿化开发，否则集体有权收回。对开发的经济果木林，按有关规定给予农林特产税减免照顾；用材林进入抚育间伐阶段，优先安排采伐限额指标。

——积极推广股份合作制。土地、林地、林木、果树、固定资产可以折价入股，组建新的经济组织，促进资源和资金的结合。鼓励机关、学校、

● 宾川县柑橘园。(温昌盛 摄)

企业承包造林或兴办股份制林场；鼓励农民和资金持有者发展个体和私营林场。相应建立森林资产管理制度和林价制度，形成资产评估、监督机制。

——改革经营体制和管理体制。推进林工贸一体化经济组织的发展，促进林产业向社会化、现代化和商品化方向发展。

（1994年7月14日发表于《人民日报》第1版）

任维东

任维东在元阳梯田采访

/ 作者简介 /

　　任维东，曾任人民日报驻云南站记者、云南站副站长（主持工作）、深圳站长，光明日报云南记者站长、高级记者。曾荣获 1992 年度"人民日报社先进工作者"，共青团中央与国家民委授予的"全国各族青年团结进步先进个人"，云南省委、省政府授予的"云南省脱贫攻坚先进个人"等称号。著有《神秘的金三角》《云南故事》《探访东方大河》《洱海传》。

泸沽湖畔摩梭人

　　位于滇西北高原的宁蒗彝族自治县境内的泸沽湖，海拔 2690 米，面积 50 多平方公里，湖水碧蓝，湖中有寺庙、亭台。那草木繁茂的几座小岛，犹如镶嵌在湖面的片片翠玉，为泸沽湖平添了几多高雅、几多恬静和无穷魅力。

　　然而，让泸沽湖大出风头的是她所孕育的儿女——那令世人说不尽、道不完的摩梭人。

　　据著名云南史专家方国瑜先生考证，摩梭人最早源于我国西北地区的游牧部落民族羌人。他们为了免受当时强盛的秦国的威胁，一部分迁徙南下。因此，自秦、汉以来，摩梭人就开始居住在现在的泸沽湖周围了。初期过着游牧的生活，后来才逐步定居下来，进行农业生产，信奉西藏喇嘛教。

　　这是一个生活在特殊地区的特殊社会群体。由于历史、民族、社会等原因，居住在这里的摩梭人，至今还保留着母系家庭的鲜明特征。

　　初冬一个夜晚，在湖滨洛水村儒亨·那珠家，我们受到了热情的款待。大家围坐在温暖的火塘边，喝着"苏里玛"，吃着核桃与瓜子，轻松地闲

20世纪90年代的泸沽湖。（任维东 摄）

聊起来。

由75岁的儒亨·那珠掌管的这个典型的母系大家庭，共有15口人，日子过得很不错，还开创了村里好几个第一：第一家开小卖铺，第一家使用厕所，第一家用沼气，第一家开办家庭式旅馆。这个全部用木头建造的旅店，花了21万元，今年10月才正式开张，由于整洁卫生、紧挨着泸沽湖、主人热情而大受中外宾客的青睐。

儒亨·贡噶经常听收音机，普通话讲得不错，知道不少外面的事情，会用许多新名词儿。他告诉我们："前些年，粮食不够吃，现在改革开放了，政策好了，粮食吃不完。"

他家有7个劳力，种25亩地，养了5头牛、35只羊、32头猪。让我们惊讶的是，还花钱装了一部手摇电话。

居住在泸沽湖畔的摩梭人还不到1000人。这个70多户的自然村，有一所小学，几乎家家都办起了家庭式旅店，大多数人家盖了厕所，有 10 多家搞起了运输……

1992 年 11 月，国务院批准宁蒗县正式对外开放，各国游客纷至沓来，给摩梭人带来了新观念，仅 1993 年 5 月，游客就达 6290 多人。从县城到泸沽湖的公路已经修通，10 千伏高压输电线路正在建设之中。在泸沽湖中心风景区内，摩梭人转变陈旧观念，纷纷办起了餐馆、旅店，开展租船游览业务。不久前，云南省政府决定把泸沽湖列为省级旅游度假开发区，给了摩梭人一个良好的发展机遇。

拥有独特语言和文化的摩梭人，自古以来，在婚姻上主要实行男不娶、女不嫁，只要两情相悦，就可以男到女家过夜，次日拂晓前回到自己家的"阿夏"（相当于汉语中的朋友）婚姻，俗称"走婚"。据调查，洛水村中 90% 以上的青年摩梭男女，都是阿夏婚姻的传人。

他们的住房也很有特点，人称"木楞房"，用圆木纵横相架而成，通常为三四幢房屋组成一个大院落，各房屋或设置火塘、灶神，或做客房，或为经堂。

母亲在摩梭人心目中有着至高无上的地位。当地有谚语说："妈妈的话好听，别人的话不要信"，"生女重于生男，女儿是根根"。在家里，通常没有父亲这个角色，一切由母亲说了算。

13 岁时摩梭人要举行"成丁礼"，即穿裙子和穿裤子仪式。从这一天起，这些摩梭青年就开始扮演一个社会角色，有资格结交"阿夏"了。当我们告别泸沽湖，汽车逐渐远去时，耳边还回响着摩梭姑娘那深情的歌声："远方的朋友啊，请慢些走，深情的泸沽湖把你挽留！"

泸沽湖，我们还会来看你的。

（1994 年 12 月 23 日发表于《人民日报》第 9 版）

普者黑之夜

或许是因为职业和喜欢摄影的缘故，我踏访过国内不少名山大川，十分迷恋各地的自然风光，总希望能去看一看，拍些照片。早就有摄影发烧友告诉我，云南有个普者黑，那里风光秀丽，值得一去。

初秋时节，我背上摄影包，带足了胶卷，从昆明出发，与几个朋友慕名前往。同行的伙伴里有到过普者黑的，都说那里如何如何美。

从介绍中得知，"普者黑"，是彝族话，大意是"鱼虾多的水塘"。它位于云南省文山壮族苗族自治州丘北县境内，靠近广西，距越南不远，聚居着彝、苗、汉、壮等多种民族。整个景区有70多平方公里，系典型的喀斯特地貌，分布着大小山峰数百座，所有这些连同清澈的湖水、散布四周的农田和村寨构成了绚丽多姿的田园画卷。

进入丘北县地界后，前来迎接的文山州旅游局的阎局长，一个来云南支边几十年的热情的"天津卫"，再次绘声绘色地向我们描绘了普者黑的迷人之处，说普者黑集"湖群、峰群、洞群、瀑群"四位一体，不是桂林胜似桂林。这么多的人都说普者黑好，这反而使我有些怀疑。普者黑真的那么美吗？

当汽车把我们拉进普者黑风景区时，已经是下午三点半了。第一眼看去，这普者黑与广西的桂林山水确有许多相似之处。岩溶地貌、馒头似的小山、面积不小的湖水都大致雷同。这就是普者黑？我不免有些失望。

吃罢晚饭，热情的主人为我们安排了一场民族风味浓郁的篝火晚会。大家在宽敞的院子里围成半圆形，或坐或站，一些附近的村民也闻声而来，摆开了演出的架势。

活跃异常的阎局长首先放开喉咙高唱了一首壮族民歌欢迎大家。接着，几位彝族少女与我们共同用火把点燃了篝火。伴着激昂的大三弦，一支由周围村子的彝族男女青年组成的、身穿艳丽的民族服装的业余文艺演出队便跳起了欢快的彝族舞。场内的气氛一下子热闹起来了。乐曲声、掌声、笑声交织在一起，打破了普者黑宁静的夜空。

给我印象最深的是小三弦舞。它既与大三弦舞一样热情奔放，又诙谐、风趣，具有浓厚的生活气息，富有个性化色彩。与大三弦的集体舞不同的是，小三弦舞里的舞蹈动作常常以男女二人为单位，其舞蹈动作如"老牛擦背""小鸡啄米""老鹰展翅""苍蝇搓脚"，都是来源于农家生活，朴实无华，又颇具情趣，令观者既感到亲切自然，又忍俊不禁，捧腹大笑。

正当大家看得入神时，这些彝家青年不容分说把我们拽到了场子中央与他们共舞。一个彝族姑娘边与我对舞，边纠正我的动作。那些在场下看起来简单的舞蹈动作，在我跳来竟是如此费力，要么出脚的顺序不对，要么没有跟上节拍，不一会儿工夫，就已大汗淋漓。更好笑的是跳"老牛擦背"时，我本该和那小个子彝族姑娘背靠背地摩擦，不料她很调皮，一来就用臀部把我顶了一下，而我慌乱之中误以为要先这样跳，如此这般地也顶了几下，把姑娘顶得直躲，众人见了哈哈大笑，我也很不好意思。

下场后，刚喘了几口气，正看演出的工夫，谁也没料到的事发生了。忽然间，一阵骚动，两眼一黑，我的眼镜被蒙住了，只觉得脸被谁摸了一下，之后就见别人冲着我笑个不停。我掉头一看，原来是这些彝族青年兵分两

波光粼粼普者黑。（任维东 摄）

路，一路在场内跳舞吸引我们的注意力，另一路悄悄绕到背后，把那篝火里的黑炭灰一把一把地抹在客人们的脸上，将大家都弄成了大花脸。

一旁的阎局长一边笑，一边解释说这是彝族传统节日"赶花街"里的习俗，男女青年通过抹脸、抹脖子、抹胸来表达爱慕之情。说罢，他当即吟诵了一首当地的彝族民歌："花街花开花鲜艳，哥妹如花正少年。今日花街乍相见，魂儿丢落妹跟前。"这一来，大家可高兴了，没抹上的感到后悔，抹了脸的忙着留影作纪念。真让人激动，令人难忘。现在我明白了，普者黑最美、最独特的应该是这里的人——那些世代生活于斯，勤劳、善良而质朴的彝家人。

告别这些可爱的彝族青年后，我们意犹未尽，决定夜游普者黑。此时已是夜里十点多了。月亮还没有露面，天空上只有几颗稀疏的星星。扁舟、疏星、朗月，这在古人的诗篇和画卷中是不可或缺的。如此良辰美景，没有月亮，岂非憾事？县里的同志看出了我的担心，满有把握地告诉我："放心吧，月亮肯定会出来。"

　　大家分乘数艘小船，荡舟在黑乎乎的水面上，白日的疲劳与先头跳舞时的燥热顿时全消，浑身清爽。四周的山峰、树木和村舍被黑夜染成了黛色，影影绰绰的，一切都是那样的宁静。湖面时宽时窄，弯弯曲曲，虽有清风徐来，却水波不兴，只有"哗""哗"的划水声相伴左右。过了十来分钟，果然，一个圆圆的洁白的月亮就像盛装后娇羞的少女从乌云后面缓步而出，众人一阵欢呼。可谓天随人意，想啥来啥。月光下，远处一座座错落有致、圆锥似的山峰与水面上的数叶扁舟、岸边的大树，组成了一幅幅典型的中国山水画卷，实在是美极了，妙不可言。说人在画中游，一点不假。若有诗人在场，肯定会诗兴大发。我和同伴们高兴得又唱又叫，只可惜光线太暗，无法把这难得的美景摄进镜头。

　　夜已深了，月亮不知何时又悄悄躲了起来。因为明天要早起，全面领略普者黑的风光，大家只得恋恋不舍地掉转船头。我相信，普者黑的明天一定会更美丽。

（1997年11月3日发表于《人民日报》第12版）

重建形神统一的丽江

今年 2 月 3 日晚在云南省丽江及其邻近地区发生了里氏 7 级大地震。作为国家级历史文化名城的丽江古城受到了严重破坏，据当地文物部门统计，古城三级保护区内 4750 户房屋倒塌 1737 户，约占 37%。

对这样一座世界闻名的历史文化名城，该如何恢复重建呢？不仅国人关心，国际社会和国际有关组织也颇为关注。震后 13 天，联合国教科文组织世界文化遗产中心官员梁敏子女士和理查德先生，就关切地赶到古城考察。

建房与建文化

丽江位于云南西北部，地处金沙江上游，是纳西族的聚居地。

这是一块钟灵毓秀的宝地，不仅有海拔 5596 米的玉龙雪山、长江第一湾、虎跳峡等壮丽的自然美景，还拥有丰富的人文景观，是纳西族文化的中心，又是我国汉、藏、白、纳西民族文化的交汇点。自唐开元以来，纳

● 丽江大研古镇。（任维东 摄）

西族文化开始吸收中原文化和藏族、白族等民族文化，在中华民族文化的殿堂里独树一帜。

大地震后的恢复重建计划对恢复古城的建筑考虑比较充分，而对古城之魂——特色鲜明的纳西文化的构建则重视不够。须知，丽江吸引中外各界人士的不只是当地的建筑物，更重要的是纳西人的民族文化。

翻开历史，我们看到，纳西族是一个有着古老文明的民族。早在1000多年前，纳西先民便信奉着一种多神的宗教——东巴教，并创造了象形文字和东巴文化，成为人类文化宝库中不可多得的珍贵遗产。

以象形文字、《东巴经》、东巴绘画、东巴音乐舞蹈构成的东巴文化，堪称国宝；丽江明代壁画为古典绘画艺术之珍品；纳西古乐由24个曲牌组成，古朴高雅，已流传数百年，至今演奏起来仍韵味十足，深得中外文人雅士青睐；古城大研镇，以其建筑著称于世，那里小桥流水，户户垂杨，青石铺路，一派"江南水乡"风韵。

对这样一个具有悠久历史文化的古城，仅仅考虑恢复原来的建筑显然是很不够的。在不久前由云南省社科院举行的丽江震后重建研讨会上，云南省民族研究所的和少英说："丽江古城是纳西文化的重要载体，整个民族的岁月沧桑无言地凝聚于斯。古城就像一座文化的巨型博物馆，使众多的海内外客人流连忘返，比起'民族村''锦绣中华''世界之窗'之类的人为景观要珍贵许多！所以，修复古城一定要同文化建设有机地结合起来。"

救物与救人

近年来，云南省社会科学院、丽江县等有关部门为抢救东巴文化做了卓有成效的工作，出版了一系列的研究书籍，特别是组织那些尚健在的老东巴（东巴是对熟谙东巴文化的纳西族人的习惯性称呼）翻译了一批东巴经典。然而，一些专家学者认为这只是"纸面上的抢救"，当务之急，还应当进行"活的抢救"，也就是保护好活着的老东巴，培养新东巴。

东巴文化的一个重要特点在于，其形貌与内涵，需要通过一幕幕活的仪式展现出来。据了解，东巴仪式大小有三四十种，其中有的仪式只有个别东巴才能主持。但如今东巴们老的老了，去世的去世，要复活一个较为隆重的仪式已非常困难。

中国民间文艺家协会会员、作家戈阿干担忧地说："房屋坍塌尚可重建，文化消亡无从复活。纳西东巴文化已出现断层，21世纪很可能再没有东巴。"

被誉为"纳西荷马"、身为纳西族文化之父的历代东巴们，以父传子、子传孙的方式，用纳西象形文字书写保存了卷帙浩繁的东巴经典籍，还传承下来一整套形貌多姿、内涵丰富的三四十种祭典仪规。从这些活的东巴文化宝库中，我们不仅可以窥视纳西民族的繁衍迁徙踪迹以及先民们的宗教神话、天文历算、狩猎农牧、婚姻家庭等古风俗，还可以看出它与中原文化的血缘联系，从而为考察中华古文化开辟一个新的研究领域。

然而，主要靠言传身教传承的东巴文化，由于种种原因，已经有一代多接近两代人完全停止了对它的学习继承，绝大多数纳西族乡村现在已没有东巴。整个丽江纳西族自治县现存的东巴已不超过 10 人，而且大都年迈体弱，不少老东巴虽然是本民族的文化人，却和当地普通农民没什么两样，居住在贫困山区，家境贫寒，生活困难，无法带徒弟，有关部门对他们也缺乏应有的保护和照顾。

这些健在的老东巴不甘心让祖宗留下的文化断根，都愿意身体力行地培养一些接班人。丽江东巴文化研究所的老东巴和士诚，在有人提供资助的情况下，一年前开始把一个小孙子带在身边进行传授。

戈阿干痛心地指出："死亡一个老东巴，无异于埋葬一座博物馆。抢救东巴，功在千秋，迫在眉睫！当前的关键是拿出一些更切实的措施，投入足够的人力物力财力，抓紧开展抢救工作。"

传统与现代化

对于丽江古城的修复，人们普遍主张坚持"修旧如旧"的原则，但在继承民族传统与跟上时代潮流问题上也并非没有争议。有人包括一些外国学者主张原模原样彻底地"复古"；有人批评了在古城乱拉电线破坏自然景观的做法，主张埋设地下电缆，将主要街道、景区、景点的电线隐藏起来；有人则建议对老传统适当地进行一些扬弃，比如建房要考虑到防震和防火的需要，以往的木结构、土基墙是否保留，部分采用现代的建筑材料和建筑手段等。

自小在丽江长大的云南省民族博物馆陈列部主任木基元主张："应该坚持保护为主、抢救第一的方针，加大执法力度，坚决执行《丽江历史文化名城保护条例》，处理好旅游开发与古城保护的关系。"

云南省委、省政府对古城的恢复重建明确指示：一是恢复古城的传统面貌，使其既能保持古城面貌，又能达到抗震的要求；既保持传统风格，又体现时代特征。二是在恢复重建中改善古城的环境质量，按照重建规划，着重改善给水排水、道路绿化和消防设施等状况。

近20年来，在维修保护丽江古城中的确存在着一些误区。比如在古城兴建了一些现代化楼房，显得不伦不类。特别是六七十年代古城北面修建了一条新街，两边是二三层火柴盒式的洋房。尽管其出发点无可厚非，但今天看来，这条路把古城最美丽的一段景观给破坏了，那一段原来是水上有桥，桥下一水分三叉，河边杨柳依依。如今河道被水泥盖板覆盖，洋房与原有古建筑极不协调。对此，云南省民族学所所长郭大烈用断臂维纳斯做了比喻："今天我们见到的维纳斯像是肢体不完整的，但谁也不会说她不美，如果有谁给她接上断肢，那么人们就不会承认那是维纳斯了。'整旧'一定要'如旧'，不能随意更换原材料，试想，石狮子若用水泥浇铸又有何价值？"

令人欣慰的是，丽江县的领导和有关部门在制定修复规划时已经表示，对那些破坏古城风貌的建筑下决心予以拆除。

云南省历史研究所所长郭净认为，丽江古城的修复与保护，除了法规的制定及大量具体操作外，还必须对这项重大文化保护活动的意义有清醒的认识。在当前无数建设性破坏给我们的文化遗产带来严重损害的时候，这种认识尤其显得重要。这已经超出保存历史遗迹的范畴，而成为对一种有别于他者的生存方式的尊重和坚守。从根本上讲，它并不是单纯的"复古""护古"，而是符合下一个世纪潮流的创造，即在打破古与今的断裂、人与环境对立的基础上，重新寻求传统与现代生活的交融、人与自然的和谐。它的目标应当是建造一个绿色的"香格里拉"，在绿色的自然和绿色的文化土壤中，培育指向 21 世纪的生命价值。

（1996 年 5 月 4 日发表于《人民日报》第 5 版）

汪波赴大理采访途中

汪
波

/ 作者简介 /

　　汪波，1979 年至 1983 年，在东北师范大学中国语言文学系上学。1983 年至 1993 年，先后在吉林日报社《城市时报》任记者，在吉林日报长春记者站、社会生活部、机动记者组任记者。1993 年，调人民日报社吉林记者站任记者。曾任人民日报社云南记者站记者、站长，人民日报社黑龙江记者站站长，人民日报社黑龙江分社社长，人民日报社内蒙古分社社长。

云南加快民族文化大省建设

多彩云南越来越受到世人的关注。7 月 10 日，昆明世博园入园人数达 62368 人，创下了世博会开幕以来的最高纪录。云南正抓住机遇，充分发挥民族文化资源优势，加快民族文化大省建设。

云南是我国民族最多的省份，5000 人以上的少数民族有 26 个，其中云南独有的 15 个。丰富多彩的民族文化和神奇美丽的自然风光，形成了彩云之南得天独厚的优势。云南省委、省政府明确提出了文化建设的战略构想，即充分发挥云南民族文化资源优势，建设民族文化大省，提高社会文明程度和人口素质，塑造云南新形象，推动全省经济和社会全面进步和发展。

挖掘民族文化的丰富内涵，推进精神文明创建活动。长期以来，云南各族人民亲如兄弟，共建家园，以自己的勤劳、勇敢、智慧，创造了优秀的民族文化。为了让各族人民了解自己的文化，增强民族自信心和自豪感，有关部门相继组织了"云南迈向 21 世纪新形象""建设民族文化大省"研讨会和"树立云南新形象高级专家咨询会"等活动。同时，全省还深入开展了"文明城市""文明村镇""青年文明号""十星级文明户""五好家庭""献

大理彝族打歌。（徐俊 摄）

爱心，送温暖""珍惜自然，爱我家园，爱我地球"等群众性精神文明创建活动，赋予民族文化以鲜明的时代色彩。

对民族文化进行保护、继承和开发、利用。有着丰富和独特的民族文化资源的丽江，建立了四个东巴文化保护区，对古城传统文化的保护实行特殊措施，其中为保护东巴音乐，使丽江古乐队发展到10多支，年创收100多万元；大理在旅游支柱产业中加大民族文化含量，从开掘南诏大理古文化入手，以当地"四山""四水""四大匠人"（木、石、染、工）为内容，以历史文化为题编排引人入胜的民族文化旅游路线；思茅地区重视开发富有特色的五大主体民族文化资源，即哈尼族住地的金矿、佤族的木鼓、傣族的泼水节、彝族的火把节、拉祜族的原住民族性等，探寻当地文化建设的新思路。

加强基础设施建设，提高文明服务水平，向世界展示云南秀美的山水文化。全省利用社会资金，新建和扩建了一大批国际水准的宾馆饭店，其中星级酒店增加到 533 家。政府每年拿出 5000 万元至 1 亿元资金，用于景点景区的建设，去年省政府又用扩大内需的 1.2 亿元资金，建设和改造丽江木府等 25 个重点工程。昆明机场经过扩建后，已形成 700 万旅客的年吞吐量。全省新投入 30 亿元，修建了连通重要景点的公路。省里还建成了现代化的旅游信息网和全省旅游接待调度中心。现在全省主要旅游涉外宾馆饭店、景区景点已全部上了因特网，全省还评出了 10 大风景旅游区，向海外推出了 8 条特色精品旅游线路。近日又命名石林等 11 个单位为云南省优秀旅游景区。

扩大开放，让丰富独特的民族文化走向世界。目前，《云南建设民族文化大省总体规划》已经制定，文化精品工程、文明走廊工程、文化长廊工程和文化基础设施建设工程开始顺利实施。'99 昆明世界园艺博览会更向世界展示了七彩云南的诱人魅力。世博会开幕以来，国际、国内的大型会议很多都选址昆明。昆交会、全国第七届旅游交易会、首届世界同乡联谊会、国际艺术节等会议的成功举办，让世界了解了云南，也使云南走向了世界。如今，全省 4000 万各族人民正振奋精神，决心把"阿诗玛"的故乡建设得更加气象万千。

（1999 年 7 月 31 日发表于《人民日报》第 1 版）

云南：退耕还林恢复植被

彩云之南传来消息，地处北回归线沙漠带上的唯一绿洲——西双版纳傣族自治州在完成全州退耕还林 90.6 万亩规划基础上，不久前又完成了建设 10 万亩生态公益林的可行性报告。这是云南退耕还林保护生态环境，打绿色牌走可持续发展之路的一个缩影。

恢复绿色保护是云南再发展的前提。云南山区面积占全省土地面积的 94%，全省 70% 的人口和 80% 的少数民族分布在山区。过去，良好的绿色自然生态曾是云南发展的一把保护伞。但是，由于长期刀耕火种、毁林毁草、过度开垦，山区群众的生存环境逐渐变得十分脆弱。那还是 1961 年 4 月 15 日，周恩来总理在西双版纳接见植物学家蔡希陶时不无忧虑地说，这次来西双版纳，一路上看到大家都在开垦，一些陡坡上的树林也给砍伐了，这会造成严重的水土流失，将会造成不堪设想的后果。牢记周总理的嘱托，如蔡希陶一样的许多人为保护生态环境，给云南、给中国、给世界保存好像西双版纳这样的绿洲，付出了毕生的心血。世纪交替之际，环保警钟再次敲响，同时西部开发催人，云南人民更加清楚地认识到，退耕还林，恢复植被，已刻不容缓。省委书记令狐安在接受记者采访时说，云南打绿色牌，既符合世界经济发展趋势，又符合国家关于调整经济结构、开发西部的战略决策，还可以正确处理发展经济和人口、资源、保护环境的关系，它是可持续发展战略在云南的具体实践。

发展"绿色经济"，在云南有得天独厚的条件。云南拥有热带、亚热带、温带、寒带等多个气候区，适宜物种的生存和大规模培育，生物可再生条件好；全省分布着占全国种数近60%的生物物种资源，有"生物基因宝库""生物资源王国"之称。关键是保护好现有的天然林。全省已统一部署、编制方案，禁止刀耕火种、毁林开垦，通过"退耕还林还草、封山绿化、以粮代赈、个体承包"，大力恢复森林植被；通过开展以坡改梯为主要内容的农田基本建设，辅以旱作节水农业等工程技术措施，实现土地改质增收；通过积极调整农业结构，培育新的绿色支柱产业；通过提高科技对农业的贡献率，确保农民增加口粮和收入；通过建盖沼气池，推广节柴灶，在有条件的地方提倡烧煤，降低森林消耗。全省计划用5年至10年时间，完成25度以上坡耕地退耕还林还草总规模900万亩的任务，其中还林800万亩，还草100万亩。

云南省委、省政府的决策受到全省各级干部和群众的拥护。目前，迪庆、丽江等8个地州市的9个示范县已率先行动，退耕还林20万亩，荒山造林种草59万亩。金沙江流域48个县和西双版纳傣族自治州境内已全面停止砍伐天然林，并投入7.9亿元进一步保护和建设天然林。同时，全省加大实施长江、怒江、澜沧江、珠江等大江大河流域的防护林体系建设力度，启动12个重点森工单位的天然林建设项目。省政府与各地、州、市行政一把手签订了责任书。省政府还要拿出一部分资金，再安排18个县作退耕还林还草试点，鼓励政策是"谁造谁有，谁管护谁受益，30年不变"。

同时，全省积极培育和扶持以天然药物为主的现代医药及花卉、旅游等优势产业，抓紧发展信息和生物工程技术等先导产业，花卉、植物药、香料、咖啡等项目已获成功。3月30日，占地300多公顷的云南花卉示范园区在昆明市近郊动工兴建。近日，昆明市出台了创建国家园林城市实施方案，计划年投入 18 亿元，建设十大工程。五一前后还成功举办了为期一个月的中国昆明国际旅游节。云南正以其得天独厚的绿色资源优势和良好的生态环境，吸引着资金、科技、人才。

（2000 年 6 月 16 日发表于《人民日报》第 1 版）

云南开发四大新兴生物资源产业

　　素有"生物基因宝库"和"生物资源王国"之称的云南，把生物资源的开发和创新作为"十五"期间新的发展目标。省委、省政府决策，要把生物资源的开发从过去注重自然资源的初级开发，转变到广泛运用现代高新技术，努力提高质量和效益上来，到 2005 年，云南的生物资源开发创新产业总产值要达到 1300 亿元，新兴产业总产值年均增长不低于 15%。从今年开始，省财政用于扶持生物资源开发创新产业的专项资金从 3000 万元增加到 1 亿元。

　　云南确定了重点支持的四大新兴生物资源开发产业：以天然药物为主的现代医药产业、绿色食品及功能食品产业、花卉及观赏园艺产业和生物化工产业。运用现代生物技术，加大科技投入和技术创新力度，计划投资 31.4 亿元，重点发展以防治心脑血管等重大疾病为主的天然药物，使以三七、天麻、当归、蛇毒等云南特有中药材为原料的天然药物生产，成为特色优势产业。云南还将重点发展绿色优质米、优质油、魔芋、热带水果、食用菌等，建设一批优质绿色蔬菜、水果商品生产基地。形成一批有经济实力的花卉、

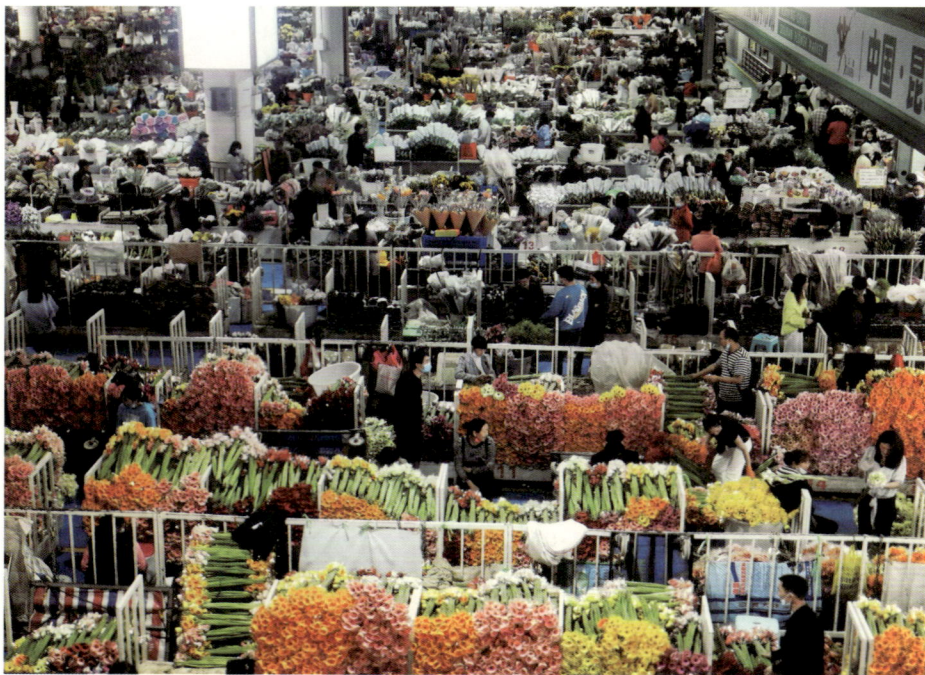

云南省昆明市斗南花卉市场。斗南花市以花卉消费体验、旅游体验、文化体验为特色。（吴鑫 摄）

绿化园艺生产企业。云南还要利用现代生物技术，发展支撑绿化种植业的生物农药、生物肥料和生化产品。

云南正在建设"一谷、一库、一批园区"，以推动四大新兴生物资源开发产业的发展。建设中华生物谷，使其成为吸引国内外人才、资金、技术的国际生物高科技研究开发基地。与中国科学院合作，利用现代先进技术，建设"中国云南野生种质资源库"，开展生物资源的基础研究和成果转化，为生物资源开发创新产业提供强有力的科技保证。建好产业示范园区，以优越的资源条件和优惠的政策，为投资者构筑一批低成本的种植、加工和生物技术的"孵化"平台，吸引国内外资金、技术、管理经验和经营模式，使园区成为全省生物资源开发创新的集约化生产加工区。目前,云南省花卉示范园区、玉溪江川花卉示范园区、西双版纳热带花卉园区、文山三七产业园区建设项目,已启动实施,今年内完成基础设施建设。大理、楚雄、昆明的医药产业园区,红河葡萄酒产业园区,思茅咖啡产业园区,滇西北球根花卉产业园区也开始建设。

（2001 年 8 月 15 日发表于《人民日报》第 1 版）

宣宇才 2009 年访问日本

宣宇才

作者简介

宣宇才，现任云南省政府参事，曾任人民日报驻云南记者站站长，人民日报社云南分社社长，云南省委宣传部副部长、省委网信办（省互联网信息办）常务副主任、省文明办主任，人民日报高级记者，博士。数篇关于国计民生、民族团结进步和边境建设重大调研内参，获得中央主要领导批示，是"改革先锋"杨善洲、"人民楷模"高德荣、"七一勋章"获得者张桂梅等全国重大先进典型的重要宣传推树者。

警惕"纵横术"流行

前不久，云南省委领导强调指出："最近昆明市空气质量下降，要引起注意。如果空气再污染了，昆明还有什么呢？"意思是说，以得天独厚的环境与气候资源著称的春城，滇池水已污染了，空气绝不能被污染！翌日，当地一家媒体刊登了来源于权威部门的消息，主标题是：昆明拥有西部城市最好空气，副题则是：污染呈缓慢上升趋势。

这套标题耐人寻味。纵向比，承认问题，市内的空气污染度确实在上升；横向比，空气质量好得很，入围"之最"。可谓：纵比与横比齐飞，亮点共暗点一色。从部门工作来看，亮点炫耀夺目，暗点似乎难以厚非。然而，从根本利益看，如果空气质量进一步恶化，即使拥有再多相对的"最好"，又有何用？倘春城逐渐消失，害莫大焉！

纵比与横比，同一个数字，却能比出不同滋味，让人忽悲忽喜。现实中，有的干部就是习惯于玩弄纵横之术，虚虚实实，应付各种监督。对一些批评，有的不正视，不反思。第一反应，不是用心研究解决问题的办法，而是思索应付上级的说法，指东打西，上下忽悠，只图过关。

解决问题，靠的是富有创新的想法与脚踏实地的干法，非凭说法。上级领导或者社会公众提出问题，是在提醒一些干部及时发现问题、解决问题。如果说了之后，问题依旧，尽管应对者口吐莲花，也是蒙得了一时、骗不了一世。最终问题积重难返，会极大地损害人民利益。

贤者思大，不贤者思小。怎样正确对待批评，是考验一位党员干部特别是领导干部修养和作风的一面明镜。对于善玩纵横之术者，似有三味良药——

正其心，时刻牢记为人民服务。一切从发展、维护、实现好人民群众的利益出发，自会心系群众，服务人民。纵向比，扪心反省，党性够不够，良心安不安，胸怀宽不宽；横向比，两眼向下看，群众还有多少困难，还有多少群众有困难？向两边看，与先进人物、发达地区还有多少差距？唯其如此，方能做老实人。

炼其智，用辩证统一的思维方式看问题。矛盾普遍存在。既然问题客观存在，旧的问题解决了还会有新问题。对待批评就非但不会心理脆弱，还应闻过则喜。更重要的是，不断增强全面客观认识事物的本领，莫把精力放在纵横之术，而着眼于提高解决问题的智慧与能力。智慧的领导，身边才会多诤友，为政一方，才会在解决问题之中不断发展。

尽其力，认真负责，工作高标准。事情因人而生，由人而做，成败在人。认真负责的人，真抓实干，务求实效，不放过眼前问题，不容突出问题长期存在。工作标准高的人，视野宽阔，不甘平庸。纵横比较下来，一个问题之所以长期存在，往往是因为有不想干、不会干、干不好事的人。

"苟利国家生死以，岂因祸福避趋之。"一位真正的人民公仆，为了国家的富强和人民的安康，生死都可以置之度外，区区批评，何足惧哉？

（2007 年 2 月 5 日发表于《人民日报》第 5 版）

"带病提拔"贻害无穷

近日，昆明市规划局原局长曾华以受贿罪被判处有期徒刑 13 年。法院审理查明，曾华在担任市规划局建设处处长、副局长、局长期间，利用审批房地产开发项目的职务便利，分别收受了 14 家房地产开发公司和 3 家园林绿化公司的多次贿赂。

更值得关注的是，2002 年到 2007 年间，昆明市规划局已有三任局长"落马"，可谓前"腐"后继。前局长李德昭受贿 337 万元，被判无期徒刑。前局长胡星被提拔为昆明市副市长后，分管城建，曾华被捉后，时任云南省交通厅副厅长的胡星突然潜逃。

在三任腐败局长的任内，昆明无科学规划，无笔直马路，建筑物密不透风，"城中村"与省委仅几步之遥，交通时常瘫痪。美丽的"春城"被"规划"得一塌糊涂，市民怨声载道，游客大失所望。昆明市检察院办案人员说："昆明的规划如此之糟，与规划局长们跟房地产老板进行权钱交易不无关系。"

常言道，事在人为。从人看事，由事看人。面对昆明的城市建设状况，不少干部群众早有非议，人们凭常识判断："里面肯定有问题！"事实证明也确实如此。然而，令人遗憾的是，这些疑惑和质疑，不仅没能抵达有关部门的视听，相反，当权者官运亨通，"边腐边升"。

坏事常是坏人为。大家也有疑问：这些贪官为什么能够平步青云走上要害岗位呢？据悉，胡星当规划局长和副市长时，就颇受争议，市人大会上险些通不过。而支持胡星的领导则"力排众议"："干事的人，总是有争议的。"同样，曾华被提拔为局长时，群众的意见也很大。可是，管人的领导和部门显然没有充分了解民心，尊重民意，致使"坏人掌权办坏事"。

如何有效防止干部"带病提拔"，让坏人干不成坏事？

首先要严肃党的纪律，靠组织选人，决不允许个别领导搞一言堂。管人的领导和部门要以对党和人民高度负责的态度，带头严格执行选人用人制度，充分重视民意，充分重视工作成绩，杜绝凭借权力"力排众议"的违纪提拔干部行为。

其次要建立选用干部失察的追究责任制度。"带病"的人一旦提拔了，不仅会对公共利益造成更大损害，也会严重破坏党和政府在人民群众中的形象，影响恶劣，贻害无穷。选用了坏人，造成了损失，管人的领导和部门难辞其咎。遗憾的是，很少听到哪些领导和部门因选人用人不当被追究责任。

再次要建立和完善权力监督机制。规划局官员前"腐"后继，暴露出行政管理中的诸多漏洞。城市规划"猫腻"太多、名堂太多，弹性太大，也给官员腐败留下了可乘之机。因此，如何建立科学民主、公开透明的决策制度，同样值得反思。

实际上，为把好用人关，云南省2005年就出台过关于坚决防止干部"带病提拔"问题的意见，提出各级党委和组织人事部门必须按照权责一致的原则，做到"谁推荐谁负责，谁考察谁负责，谁决策谁负责"。如今，面对昆明规划局"带病提拔"的典型事例，不知是否真能按章办事较回真？

果如是，杜绝干部"带病提拔"当也不算难！

（2007年4月12日发表于《人民日报》第5版）

云南把良好生态作为发展的有力支撑

行驶在思茅—小勐养高速公路（简称思小公路）上，热带雨林莽莽无际，清甜空气沁人心脾。为保护西双版纳的热带雨林，这条公路选线长达 5 年，其中野象谷段桥隧里程占全段里程的 70%，增加投资 9.5 亿元。开通半年的思小公路，以人与自然和谐的文明理念，促成了开发建设与环境保护的共赢。

云南省近年来认真落实科学发展观，经济跨越止跌回升、巩固发展、实现加快发展阶段后，步入又快又好的科学发展轨道。省委、省政府明确提出："良好的生态环境，是发展的第一竞争点，也是云南最大的资源和资本。"

云南努力擦拭高原九大明珠上的污垢。昆明市以"一湖四环"截污水，一改过去远离滇池治理滇池的旧路。玉溪市以"生态立市"，果断关闭抚仙湖畔的矿山企业，抚仙湖综合水质恢复到一类。大理白族自治州治理农村面源污染，洱海水质达到二类。标本兼治之策，有效遏制滇池、抚仙湖、洱海、泸沽湖等九大高原湖泊水污染恶化态势。

云南工业经济曾长期"短腿"。在实施工业强省战略时，云南坚持走新型工业化道路，确保经济增长既"好"又"省"。将特色资源向优势产业和

🔵 湖光山色、水天合一的抚仙湖。（杨杰 摄）

优势企业聚集，建设 30 个重点工业园区，整合十大工业行业资源，集中力量培育 30 户大企业、大集团。对重点工业企业全面推行排污许可证制度，电解铝、水泥、钢铁等 7 个高耗能行业实行差别电价。到今年 10 月份，全省产生了 4 家销售收入超百亿元的工业企业。与此同时，全省耕地资源占补平衡、补大于占。

走生态建设产业化、产业发展生态化路子，建设绿色强省。云南省委、省政府认为，省内山区面积占 94%，贫穷在山、希望在山、潜力也在山，只有念好"山字经"，靠山致富，才能带动全省农民建设新农村。在海拔 2350 米的保山市隆阳区水寨乡海棠村，记者看到，该村组织村民大量种植花椒等经济林木，森林覆盖率提高到 80%。生态改善了，林下又生长出松茸、块菌。海棠村年人均收入超过 2600 元，80% 的农户年纯收入超万元。目前，云南省森林覆盖率达到 49.91%，自然保护区数量居全国第一。

（2006 年 11 月 15 日发表于《人民日报》第 1 版）

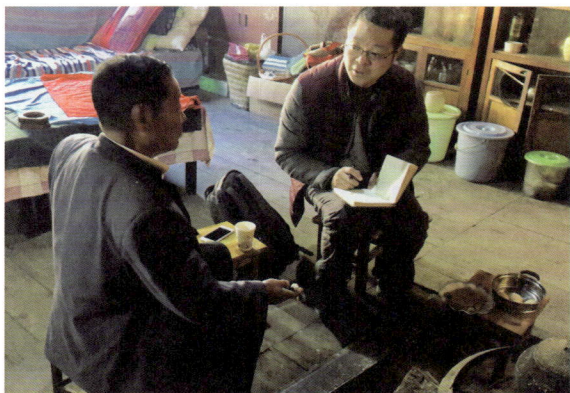
张帆（右）在采访高德荣老县长

张

帆

作者简介

　　张帆，重庆江津人，曾任人民日报社西藏分社社长、云南分社社长，高级记者、法学博士。长期致力于民族地区的发展稳定、民族、宗教问题以及文化人类学、传播学等领域的新闻报道和学术研究。先后参与昆明世界园艺博览会、汶川大地震、西藏和平解放 60 周年、鲁甸抗震救灾等重大新闻事件的报道、编辑和组织工作，新闻作品曾两次获得中国新闻奖，著有《现代性语境中的贫困与反贫困》。

老母鸡换了头大水牛

"傅凤娣，到前面来，不要怕嘛，把你的经验说给大家听听。"

"没啥子好说的，真的。6 月份我参加了小额信贷扶贫组，借到了 1000 元，买了 40 只小鸡和饲料，用去 600 元。我和我老倌细细喂了 3 个月，全卖给了县招待所。"

"赚了多少？"

"不多，就 1000 吧。"

"90 天，还掉借款，净赚 1000，还不多？"

一片掌声中，傅凤娣回到座位上。这是云南省师宗县束米甸村小额信贷扶贫中心组的一次经验交流活动，时间是 10 月 6 日下午。

半年前，包括傅凤娣在内的云南数百万贫困农民恐怕连小额信贷这个词都没听说过，而现在，全省共有 25 个县 7000 多户农民正在获得它的扶助。这是一套主要针对贫困妇女脱贫致富的新型扶贫贷款模式。

经验交流会还在进行，记者和几位农家妇女的交谈也热烈起来。"我叫谢美英，彝族。往年我家苞谷只能收 20 来口袋，为啥这么少，没钱买化肥。

记者 2017 年 2 月在师宗县束米甸村，邂逅报道的主人公傅凤娣（图右）。（全恩德 摄）

现在从小额信贷那里借到 1000 元，买了化肥，嗬，今年苞谷我就打了 70 多口袋（一袋 20 公斤左右）。"

"还不还得起贷款？" "没问题。1000 元，一年分 24 次还，每次 40 来元，卖两只鸡就行，但我的大问题解决了。我们都说这是老母鸡换了头大水牛，共产党把钱送到我们手上了。"

"小额信贷完全是个新鲜事，刚开始谁心里都没底，有些人还有点怀疑、畏难。"正在村里调查的张副乡长告诉记者，"但妇女们信它、认它，学了十五大精神，我们心里亮堂了，它完全符合小平同志三个有利于的思想。现在人心齐了，劲儿也足了。昨天晚上省委书记还到束米甸，说小额信贷为云南省扶贫攻坚找到了一条好路子，要在全省推广哩。"

（1997 年 10 月 10 日发表于《人民日报》第 2 版）

迷人的"剑川微笑"

仲夏的一个午后，大理剑川县石钟山飘起蒙蒙细雨，雨雾中古树参天，怪石嶙峋，记者驻足在石钟山第 7 号石窟里，仰望着那尊被当地人称作"甘露观音"的雕像，久久挪不开步子。

"实在太美啦！""怎么能有如此迷人的观音造像呢？"瞻仰过这尊观音造像的游客想必在心里都发出过记者这样的惊叹。

"甘露观音"右手上举柳枝呈洒甘露状，背光四周有火焰状浮雕，观音垂足而坐，造型雍容，仪态沉静，膝下的裙裾，紧贴肢体，恰是"曹衣出水"，仿佛是一位穿越时空而来的唐代丽人，观音眼梢嘴角之间隐隐泛起喜悦之情，将优雅与内秀的特质表现得妙到毫巅，令人过目难忘。难怪剑川当地的文化学者将"甘露观音"这一欢喜表情称为"剑川微笑"。

时隔千年，在西南的崇山峻岭中，能邂逅唐风遗韵的精美石刻，令人不能不放眼眼前这层峦叠嶂的石钟山来，石钟山属丹霞地貌，奇峰异石连绵不绝，或如灵龟负石，或如骆驼昂首，或如盛开的莲花……鬼斧神工，叹为观止。历史上石钟山是南诏、大理国故地，位于"南方丝绸之路"和"滇

被誉为"剑川微笑"的甘露观音造像，位于第 7 号石窟。（张帆 摄）

藏茶马古道"的交会处，自古以来，中原文化、藏族地区宗教文化以及印度、东南亚文化远至波斯文化在此交流、交融。

　　据文物专家考证，石钟山石窟始凿于唐宣宗大中四年即南诏第十一世国王劝丰祐天启十一年（公元 850 年），止于南宋淳熙六年即大理国第十八代国王段智兴盛德四年（公元 1179 年），前后历时 320 多年开凿而成。石窟依山傍崖，开凿在绵延 3 平方公里的峭壁山石上，迄今为止总共发现 17 个石窟，造像 200 多躯，另有造像题记 4 则，游人题记 40 余则。1961 年，石钟山石窟和敦煌莫高窟、大同云冈石窟、洛阳龙门石窟、大足石窟一道成为全国第一批重点文物保护单位。

"剑川微笑"何以如此迷人，石钟山石窟的独特性在哪里？面对记者的发问，剑川文化遗产研究院院长董增旭笑着说，相较于国内其他著名的石窟，石钟山石窟集浓郁的民族性、鲜明的地域性和显著的国际性于一体，"剑川微笑"是其中的代表，看完整个石窟后，或许你就有了答案。

"苍洱之间，妙香城也。"妙香佛国曾是南诏大理国的别称，元代郭松年在《大理行记校注》中记载，大理地区的百姓"其俗尚浮屠法，家无贫富，皆有佛堂，人不以老壮，手不释珠"。可以窥见苍洱地区佛事之盛。宗教研究者认为，大理地区的佛教又称阿吒力教，（阿吒力，梵语意为"轨范师"）吸收、融合了中原、西藏以及印度和东南亚佛教的教义和教法，又有当地的民族文化特性。比如，大理地区普遍存在阿嵯耶观音崇拜（阿嵯耶，梵语意为"圣"），相传南诏国是在阿嵯耶观音点化下建立的，又称"建国观音"，南诏第十一代国王隆舜十分信奉阿嵯耶观音，曾用黄金铸造了 108 个观音像，让国人供养，著名的崇圣寺就是阿嵯耶观音的道场。

石钟山第 13 号石窟开凿于一块巨硕的龟背石下，里面供奉的就是一尊阿嵯耶观音，观音造像体形较小，赤足而立，眼帘低垂。仔细打量，阿嵯耶观音造型十分独特，上身袒露，背部宽厚，胸部扁平，有男性的特征；而腰部纤细，身系帕拉节和筒裙，佩戴耳环、手镯，又宛如女子，记者曾在美国大都会博物馆见过流散的一尊阿嵯耶观音青铜鎏金像，与眼前这尊石刻造像几乎相同。石窟的介绍中说，阿嵯耶观音为云南所特有，被国际学术界誉为"云南福星"。云南大学李昆声教授研究认为，阿嵯耶观音造像具有印度帕拉王朝和东南亚国家的某些艺术特征，而面部又具有显著的大理地方特色，是多元文化交融的产物。

关于阿嵯耶观音，还有这样一个传说。远古时期，大理地区被作恶多端的罗刹占据着。一天，来了一位老和尚，牵着一条小狗，找到罗刹，说："我从西方来，想在您这讨块袈裟大的地方容身。"罗刹一想，袈裟能有多大？满口答应。老和尚将袈裟向天一掷，刹那间铺天盖地。罗刹大惊，吹起妖风，想卷走袈裟，小狗腾空一跃，四腿伸展，镇住袈裟。罗刹与老和尚斗法落败，被囚禁于点苍山之下，从此大理地区恢复了安宁。

阿嵯耶观音化身僧人的造像在石钟山的第10号石窟，这是一处凌空石壁上的摩崖造像，从下往上仰视，僧人身形伟岸，头后圆光，面目慈祥，身披袈裟，袈裟线条流畅、自然，似乎随风飘动，僧人左手持净瓶于胸，足蹬短筒翘尖靴，左足旁有一条脖子上系着铃铛的小狗，正回头看着主人。这个灵动的造像正是取材于观音伏罗刹的传说，大理百姓为纪念这一传说，天长日久，形成了著名的"一街赶千年，千年赶一街"的三月街。

除了受到中原内地、印度和东南亚国家的影响，由于毗邻西藏，佛教密宗造像艺术在石钟山石窟中也有体现。比较典型是第6号石窟，该窟全长近12米，是石窟中规模最大，雕刻技艺精湛，布局最为严谨的一窟，保存八大明王本尊造像，这在国内佛教密宗的造像中也是少见的。所谓明王，明指光明，以智慧之光明破除愚痴烦恼业障，明王是菩萨所显的愤怒身，以降服各类邪道和妖魔鬼怪。石窟居中的是大日遍照如来和弟子迦叶、阿难，神色慈祥、悲悯；与之相对的，左右两旁雕刻的是怒目圆睁，发如火焰，手持利器，做怒吼状的八大明王。董增旭分析说，这一布局，将佛教扬善与惩恶的功能有机结合起来，彰显了佛教感化力和威慑力的统一。

另一处被研究者发现的则位于甘露观音造像的右上角，仔细察看，有一段模糊的文字题记，经研究者解读是古藏文，其大意是，"将世间受无边苦难的众生解脱出来的是佛，当把你的尊容刻在岩壁上时，恳求佛的护佑，把福薄有罪的众生从苦难中解脱出来吧。愿吉祥"！

李昆声教授指出，相较于国内其他著名石窟，世俗性在石钟山石窟得到了进一步彰显，这也是大理当地"本主"崇拜的一种反映。这一特征集中体现在第9号石窟，当地人俗称"全家福"的造像里，该窟雕刻的是南诏第一代国王细奴逻和王妃、王子、公主及男女侍从的造像，国王、王妃分坐左右，王子、公主分列其间，国王、王妃面容和蔼，王子、公主神态活泼，生活气息浓郁，活脱脱是一张现代相馆的"全家福"。细奴逻借助"阿嵯耶观音化身僧人"的传说，建立了南诏国，成为开国国王，也逐渐被苍洱地区的老百姓奉为本主来崇拜。

除了开国的细奴逻，南诏国另外两位重要的国王阁罗凤、异牟寻分别在第2号、第1号石窟里留下世俗、人间的风采。阁罗凤在位时，是南诏国力最为强盛时期，第2号石窟就展示了阁罗凤出巡时的宏大场面，王臣侍从前呼后拥，国王气势威严至上，其中阁罗凤身着宽袖长袍，头戴圆形尖顶珠冠，董增旭说，这个珠冠也称"头囊"，是南诏特有的一种王冠。细察看，"头囊"上的珠纹样式繁复、多变，雕刻工艺十分精湛。阁罗凤身后的侍从和武士宽额大鼻，阔脸厚唇，有的单耳戴环，有的双耳戴环，有的头插羽饰，有的身披兽皮，其人物造型和服饰具有明显的地方民族特点。

第1号石窟表现的是国王异牟寻与朝臣们议论国事的政治生活场面，异牟寻面目端正慈祥，靠窟门左右两侧而坐的是南诏"清平官"（相当于同时期唐朝的宰相）。其中左外侧袖手而坐，戴幞头高冠的便是异牟寻的老师郑回，郑回原是四川西泸（今四川西昌）县令，在南诏与唐王朝战争中被俘，阁罗凤欣赏其博学和才干，将他任命为王子、王孙们的老师，异牟寻继位之后，郑回成为"清平官"。在郑回的劝勉下，异牟寻通过"苍山会盟""贞元册封"，重新归附唐王朝，恢复了南诏与唐朝断绝40多年的友好交往，内地先进的文化和技术纷纷进入大理地区，促使南诏成为"人知礼乐、本唐风化"的礼乐之邦。

雨歇天晴，山花掩径。手机里回看"剑川微笑"，记者恍然有所悟，千百年来，无论何地何民族，总是都怀着人世间最美好的愿望来营造、雕刻佛像的，人们祈求和平，厌弃战争；渴望平等，反对歧视；追求富足，远离贫困；提倡互鉴，抵制冲突……剑川的能工巧匠身处的历史、地理和文化环境让他们对此有着更为深切、厚重的体悟和感受，唯其如此，他们才能将自己的热情、智慧和力量融进斧凿之中，营造出"剑川微笑"这样的传世杰作来。虽然，无人知道他们其中任何一位的生平和行状，但石钟山上那座座令人过目难忘的石雕表达了他们在人间营造天国乐园的梦想和渴求，这值得后世瞻仰者追怀和深思。

一生爱好是天然

——"独龙江女侠"李恒二三事

32 岁，从零开始学习植物学；61 岁，深入独龙江，进行首次越冬科考；73 岁，领衔开展国际高黎贡山生物多样性研究；90 岁后的首个"五一节"，她在微信里留言，"节日四天，我在家工作四天，天天有成果"。

在人生的每一个阶段，李恒几乎总是以某种常人眼中的"极限"方式度过，近 60 年的科研生涯，李恒所获专业的、社会的荣誉已不计其数，有 14 个物种以她的名字命名。作为 17 余万份各类植物标本的采集者，李恒却把自己比喻成一棵白菜，"就像一棵菜一样自然生长——不忸怩、不装饰，简单地过着"。李恒透露，自己这辈子没有用过胭脂和口红。

在中国科学院昆明植物所，身形瘦小，头发花白却依旧蓬勃的李恒是这家历史悠久研究所的一道风景。"科研上要求很严，有的年轻人见她都绕着走，做事一板一眼，不太好处，也没啥生活情趣。""烟友"王立松这样评价李恒。

"低谷时，能反弹，就是胜利"

在成为一个植物学家之前，李恒曾先后是家乡湖南省衡阳县的乡村小学教员、县文化馆员工、华东美术学校会计、中国科学院俄文翻译，但生命的起点却几成弃婴——"我出生时，已有两个孙子的祖母，将一坨棉花塞进我嘴里，母亲怜我是条生命，又悄悄地取了出来"。

世界以痛吻醒这生命，又赋予其承受磨砺的坚韧，随大时代一道跌宕起伏，在磨难、困厄中成长的李恒越发"有恒"。日寇侵袭衡阳，被迫辍学的李恒悲愤地写下"飘荡啊，飘荡，可恨的秋风，为何把弱小民族杀光？"的诗句。"文革"期间，"牛鬼蛇神"的李恒，和所长吴征镒一道被关进牛棚，接受造反派的批斗和劳动改造，"想死的心都有"，然而，一旦有机会，又"一分钟不耽搁"拉着吴征镒就专业问题问这问那，别人在搞运动，她却一个人冒险泡在标本库里，将昆明植物所100多万份标本看了一遍，打下了植物学研究的基础，还自学了拉丁语，学会了阅读德语和法语文献，李恒第一个研究成果《黑龙潭杂草植物》就是这样产生的。

"人生总有高峰和低谷，高峰时，不自大，低谷时，能反弹，就是胜利！"在李恒看来，困苦不全都是苦，有得有失，才是人生。

1961年4月，李恒随丈夫一同来昆明植物所报到，此前，她是中国科学院俄文翻译，这一度是令人羡慕的职业，在物资匮乏的年代，可以享受外国专家同样的生活待遇。但所长吴征镒一见李恒，兜头是盆冷水——"俄文翻译这里不需要，你需要学习植物学，学习英文"。

李恒对吴征镒的直率、坦诚没有感到惊奇或沮丧，一切归零，从头学吧。报到后的第二个月，李恒就赴文山参加野外科考，搭乘大篷车，风雨尘土无遮拦，夜宿旅店，臭虫、虱子、尿臭令人坐卧不宁，走路、爬山、上树要学，打被包、烧火煮饭也都要学。多年之后，同事们还记得当时的一个

● 李恒老师在查阅文献资料。（傅绍辉 摄）

场景，因记录一个植物的名称，考察组长被李恒问得有点不耐烦，这个刚进门的"外行"竟冲着组长"挑战"："你记住，三年之后，专业我一定会赶上你，而外语你却超不过我！"

"考察没有做完，决不能半途而废"

在李恒获得的所有称誉中，"独龙江女侠"是她最为喜欢的，其中蕴含着她与"西南最后秘境"的一段生死情缘。

1990 年 10 月，61 岁的李恒带着 3 名助手和 64 匹马驮载的辎重向滇西北的独龙江进发，行前老伴正卧病在床，女儿正忙着出国。"为啥要进行独龙江越冬考察？独龙江是植物学上一个神奇的地方，许多类群一翻过高黎贡山就变了，以往条件所限，对独龙江植物考察均集中在 7 至 11 月，几乎没有人在冬季涉足独龙江，独龙江的奥秘没有揭开，我觉得有责任去闯闯这个'鬼门关'。"为了此次考察，李恒精心准备了两年，筹集了在独龙江生活一年的物资，甚至包括准备在当地栽种的菜籽。

对于 1999 年才有公路可通的独龙江，此行之难可以想见。科考不久，李恒就染上了疟疾，天天高烧不退，病势十分危重，当地政府提出用直升机将她转运出来，独龙族乡亲将李恒抬到边防部队的诊所，用上李恒自带的青霉素，打了多日吊针，才闯过"鬼门关"。女儿在电话里苦劝李恒回来，她回答："要死就死在这里，回去免谈，我的考察没有做完，决不能半途而废！"患病期间，李恒用录音机录下工作的安排、科考的进展、对家人的嘱托……万一走不出峡谷，就当是遗言。

8 个月的考察成果是丰硕的，李恒和队员们采集了 7075 号植物标本，宣告发现植物新种 80 多种，考察资料经过系统的整理和分析后，首次提出了"掸邦—马来亚板块位移对独龙江植物区系的生物效应"学说，独龙江考察成果获得中国科学院自然科学一等奖，也由此奠定了李恒的学术地位。

但令周围人没想到的是，独龙江对李恒仅是个起点，73 岁时，她又申请了 600 万美元，为所里有史以来最大的一笔资助，在 10 年间，组织美国、澳大利亚、德国、英国以及国内专家对高黎贡山进行 17 次科考。 2007 年，高黎贡山考察结束，此后数年，"每天在标本室整理标本、登记和录入，一待就是 10 多个小时，基本未在夜里 2 点前入睡"。直到近年，李恒才对作息做了微调。

考察成果《高黎贡山植物》（第 2 版）几经周折，有望近期问世，曾经有一度，李恒觉得生前出版此书无望，有公司和企业家表示愿资助，被她谢绝了："学术水平符合出版标准，就应该给我出；拿钱出，就说明水准不够，我宁愿不出！"对认定的事，李恒从来都是较真儿。

"活着就要努力工作以回馈和感恩"

在李恒的相片簿里，保存着一张老照片，记录的是一群独龙族孩子采来野花，送给工作中的李恒的情形。独龙江不仅让李恒经历了生死，也让长年在"象牙塔"的她收获了淳朴和真情，病中的一个月，李恒的住处不时搁着一篮篮鸡蛋和几只母鸡。

"这是人性最美的表露，当时我就想，要活着，好好工作，才能对得起可敬的乡亲。"虽然时隔多年，每当忆及，李恒仍老泪纵横。

王立松与李恒相识多年，是少有敢于"顶撞"又没挨李恒骂的同事，在他看来，虽然历经坎坷，李恒一直抱有科研造福国家、民生的情怀，从独龙江、高黎贡山回来，这种愿望就更为迫切了。

2013 年 7 月，李恒又一次重返贡山，下车伊始，一位怒族女干部就飞奔过来，含泪紧紧抱住她，"我是靠李奶奶资助才读完高中的，但直到参加工作时，我才知道她"。已是贡山县农业局副局长的张文香说，当年李恒将独龙江科考所获的 4 万元奖励，全部捐赠给春蕾计划，资助像她一样失学的女童。

重楼是云南白药的主要成分，目前市场价每公斤上千元，种植重楼是当下云南贫困山区农民脱贫致富的重要渠道。而从 20 世纪 80 年代开始，李恒就主持重楼的综合研究，主编的《重楼属植物》是重楼研究权威著作。为了帮助农民和企业掌握重楼的识别方法和生物学特性，提高种植水平，李恒科研再忙，再累，都会抽时间在云南相关州市考察重楼资源，提出咨询建议，在各地举办了 20 期的重楼种植技术培训班。

　　蓝色工装上衣和挎包是李恒长久的"标配"，现在又多了一件——颈上挂着一个绣花的手机套——"找她咨询重楼的人实在太多了，每天电话接不完。"儿子王群路说，前几年，怒江当地重楼因品种市场认知度不高，被视为"假货"，面临销售困境，向李恒求助；在李恒的帮助下，作出了权威的品质鉴定，还申请了 4 项专利，很快稳住了销路。

　　虽已年届九旬，但李恒并不追求养生之道，也没进行特别的锻炼，更不相信所谓偏方，"人活着一天，便享受了一天自然和社会的馈赠，就要努力工作以回馈和感恩"。李恒认为，这应是人的本性，自己一辈子都没有偏离这个。

徐元锋（右）在采访张桂梅老师

徐元锋

/ 作者简介 /

　　徐元锋，男，汉族，1978 年 10 月生，山东临沂人，研究生学历。曾任人民日报社云南分社采编中心主任，现任人民日报社宁夏分社社长。1997—2001 年山东大学经济学院学习；2001—2004 年中国政法大学法学院研究生；2004 年进入人民日报社并到辽宁记者站工作；2007 年至 2023 年在云南分社工作。中直机关五一劳动奖状获得者，云南省脱贫攻坚先进个人，作品曾获中国新闻奖二等奖。从业过程中，深入汶川地震、鲁甸地震现场采访，参与推出、宣传张桂梅、高德荣、杨善洲等全国重大典型。

新居成危房，重建负担重，增收门路少
小海子村民灾后又添堵

　　这两天，云南省曲靖市马龙县阴晴不定，月望乡小海子村村民彭兴国心里也愁云密布：新房子里客厅的天花板正滴答漏雨，他妻子告诉记者："下大雨能漏满几个小孩的洗澡盆！"——而今年春节前他家才欢天喜地迁入新居。

　　去年6月25日，马龙县突发洪水，小海子村457户1650人受灾，倒塌房屋1200间。今年春节前，村民们搬入新居，随之就发现了层出不穷的质量问题：地基下沉，楼板开裂，墙体空填，屋顶漏雨，甚至还没搬家院墙就倒了。记者7月17日、18日在小海子村走访了20户，每家新居都有严重的质量问题。

　　对于这些问题，乡里负责"包保"小海子村重建的月望乡纪委书记张友聪答复记者：房屋已经曲靖市有关机构鉴定，没有安全隐患，可以放心居住。而这个"有关机构"，居然是曲靖市"珠源司法鉴定中心"。

担心——
88 天建起 392 户新居，"混凝土就像泥巴"

7月18日，村民王慧英提来一壶水，给记者演示：水顺着裂痕倒下去，记者跑下一楼，天花板上已渍出水珠来，不一会儿地上就滴下一摊水。

村民张开夸把墙角的积水舀干，轻而易举地把一根钢筋插进房子基座下——房子的基础只有80厘米厚，还导致新房移位几厘米。

村民张石桥新房的地下是"泡土层"，由于房屋轻微沉降，三楼的墙角明显裂开一圈。

村民李菊花为了防止三楼露台的水流进屋子，专门找了个小碗下雨时舀水；室内漏雨的屋顶，被胶水涂抹成了"满天星"。

村民张贵珍还没搬家就发现屋梁漏水，开发商派人"修理"，她老伴捡起混凝土块说："这哪是混凝土，就像泥巴！"

村民张开赵还没搬家，一面围墙就倒了，吓得他家至今不敢入住。

…………

记者在走访中发现，新房子有的开裂漏水，有的在墙根捅出了可塞进双拳的大洞，不断有村民拉记者去家里看看。记者在村委会门口碰到一位副主任和小海子村小组的三位社长，他们透露：漏水的有四五十户，每栋房子开裂在所难免，四个人自家房子也都有墙体开裂。

小海子村遭灾后，马龙县"统一规划、统一设计、统一标准、统一外观、统一施工"，整村搬迁小海子村，异地高标准建设"新村庄"，并在春节前让村民住进新居。

当地以往建房，要先把地基理出来，经过一季雨水沉降，才敢在上面落砖。小海子村党总支书记杨杜荣证实，统建项目去年9月28日开工，建起392栋房子"实际上仅用了88天"。

张友聪则说，施工期间聘请了"马龙恒安监理公司"的专业质监员，此外还有 15 名群众"义务质量监督员"，"重建的所有房屋经鉴定没有隐患，要是危房我们也不敢让群众住"。

做过 5 天监督员的张开夸告诉记者，一次他发现圈梁上没有站柱，一次发现混凝土里有泥巴，因为尽职尽责，乡领导责怪他"把监理气跑了"，自己只好辞职不干了。对此，张友聪回应：重建所用的混凝土都是从旧县天恒建筑公司进的商品混凝土。

耐人寻味的是，原本 5 月就要进行质量验收的小海子村重建项目，时至今日也没验收。张友聪解释："这是为了更好地处理收尾问题，估计最近就要正式验收了。"

他说，小海子村统建点是举全乡之力，曲靖市也有领导挂钩，而马龙县的灾后重建指挥部就设在小海子村。

村民们反映，小海子村灾后重建小老板多如牛毛，层层转包严重。而据杨杜荣介绍，共有 7 家房地产公司参与重建，其他的都是他们的各个"工程处"。他还说，参建开发商都是贴钱来建房子的，"干到哭的都有"，基层干部也是上下都不讨好。

两难——
统建房成本高，自建房拿不到补助

小海子灾后重建的补助政策是：损毁的砖瓦房每平方米补 300 元，土木房子补助 80 元，院子空地补 15 元。新建盖的三层楼 18 万元，政府各项补助合计 6.8 万元，银行可贷款 8 万元，受损房子交出来折抵一部分，其余自筹；两层楼 14 万元，国家补助 5.3 万元；一层楼总价 8 万元，国家补助 4.3 万元。

马龙县是国家扶贫工作重点县。据杨杜荣介绍，小海子村去年农民人均纯收入 2500 元。还贷，成了压在一些村民心头的巨石。

村民王慧英就是其中之一。她在化工厂工作的丈夫水灾前得癌症死了，花了 20 万元。如今，银行只给她家新房子 4 万元贷款，她无奈只好又贷了 4 万元高利贷，住进了总价 18 万元的新房。她抹着眼泪说："两个孩子都在读初中，家里如今连每月 500 多元的利息都还不起。"

对于村民们的经济承受能力问题，张友聪认为："经济头脑好的两三年贷款就还上了，懒人和笨人到哪里都没办法。"

上楼成本高，农民自建房怎么样？

7 月 18 日，村民彭成所家正在盖房子。彭成所介绍，水灾前老伴牛凤花肺病病了三年多，掏不起贷款之外上楼的钱。他找村干部反映，干部答复：你家的情况最后处理。等到别人搬家时，彭成所才知道自家没有新房的份。

看彭成所老两口住在帐篷里实在可怜，亲戚们凑钱给他们建房子。截至记者发稿时，彭成所家没得到一分钱灾后补助款，尽管他家三间土木大房子、六间小房子和一座烤烟房被洪水冲垮，尽管他的自建房离统建点还不到两公里。

原来，灾后重建补偿有一条"硬杠杠"：不交回原有的老房子，就不能参加统建房，也不能领国家的救助款。村民们向记者证实，因为这条政策，小海子村有 50 多户受灾群众没得到一分补偿款。

村民张洪坤告诉记者，自己的老房子被洪水冲毁了，因为家里还有 5 万元的"老债"，怕再贷款压力太大，就主动放弃了国家补助。如今张洪坤已经建好了自家房子，虽然没补助，"至少不用为房屋质量发愁"。

村民张洪章本来在统建点有一个"户头"，但因为觉得自家刚盖好两年的房子拆了可惜，就一直拖着没办银行贷款，并最终放弃了要新房的机会。像他这样的，小海子村共有 5 户。当然，他们也不能"沾政策补助的光了"。张友聪对此解释："这是为了制约农民参加统建，谁能保证再建房不再被水冲？"

村民们向记者反映，灾后定损量面积，村干部亲戚家空地上"长"出六七百平方米房子。张贵珍气愤地告诉记者："我家八间大砖房，量不过人家三间房。"

村民张木文说，他家报的是三层楼，因为差了 7000 元欠款，被村干部私自调成二层楼。更让他气愤的是，住着二层楼，却要还三层楼的贷款，尽管多次反映，但多出的 4 万元贷款就是退不出来。他不服每月凭空多付 200 多元的利息，准备到法院起诉。

烦恼——

房子不实用，"没法养鸡养猪"

"新房子没法养鸡养猪"，除了质量和贷款，村民还有新的烦恼。

王慧英家的几只小鸡在客厅乱跑，也有村民在院子里搭棚子养殖。没装太阳能的村民，晚上索性把骡子牵进卫生间。村民张贵珍苦笑："这样的小洋楼咱农民享受不起。"

张友聪告诉记者："我们也发现房子有些不实用，所以又在村边专门建了 100 间猪舍。"这片建好一个多月的新猪舍至今空着。村民们反映，新猪舍 400 元一平方米，一个猪舍 12 平方米，谁买得起？更何况，猪舍外墙已经开始裂了。

作为灾后重建和新村庄建设的内容和目标，当地曾当面向省领导汇报说：小海子村要做到人均"一头大肥猪，一亩浅水藕，一亩蔬菜地，十亩核桃林"。养猪有困难，其他的许诺落实如何呢？

17 日、18 日，记者两次来到小海子村大棚蔬菜基地，"基地"的大牌子在公路边很显眼，只是连片的大棚蔬菜基地里空无一人，大棚里没有几棵菜，大棚外荒草疯长。杨杜荣说："投资方昆明老板得癌症了，正准备撤出。"

按照原先规划，蔬菜基地以每亩 500 元的价格从农民手里租来，再吸收失地农民打工，每天每人 40 元——这都是意欲帮农民增收的举措。在基地里打过 8 天工的王慧英告诉记者："老板允许打工是为了租地，可租地合同一签完，我们 20 多个临时工就被辞退了。"

而浅水藕方面，记者了解到，县农业局引来藕种，还给农民送化肥，把以前种稻子的水田改成荷花塘。一亩地能收多少？杨杜荣书记告诉记者："10 月份收获，一公斤藕 4 块，按亩产两三吨算，上万元吧。"听到记者质疑，他马上改口说："价格不稳定，起码四五千吧。"他同时承认，种藕成本高，开始一亩要投入 3000 元。村民张开赵等向记者反映，小海子村民小组三个社，"因为要连片种植，一社社员一只藕都没有"。

至于核桃，小海子村去年种了不少，可得三五年才挂果。

从外观上看，无论远观还是近看，小海子统建点都让人眼前一亮：在万寿菊和浅水藕的包围下，村内水泥路四通八达，簇新的民房时尚现代，公共活动场所齐备大气，不愧为"新村庄"的代表。

村民搬进新居后，来小海子村参观的人很多。村民们说，领导们去的都是有数的几家，一般村民"连边都沾不上"。今年初有省领导来，经常反映问题的张石桥头天就被打招呼，第二天一早又被"请"到派出所，直至领导们离开。

从今年春节后开始，村民们就开始陆续反映小海子村统建点的各种问题，村民张正培告诉记者，自己 2、3 月份就去过两次乡里，一次马龙县信访局，但时至今日，没有人给村民们一个正式答复。

采访中，乡亲们都表示："住进新房永远记着党和政府的恩情，上级领导们是在黑处，被下面糊弄了，不能怪他们。"

（2011 年 7 月 20 日发表于《人民日报》第 13 版）

平和心态也是一种抗灾力量

　　一个更加成熟的救灾体系，也包括社会心态和舆论环境的理性和成熟。大灾面前心平气和，是一种抗灾的力量，更是一种磨难后的收获。

　　一大早，我急急从云南鲁甸县赶往巧家县重灾区包谷垴乡采访，走走停停近 8 个小时的车程里，时而余震，时而暴雨，时而道路排险，时而手机微信里跳出诸如此类的信息："日本为何震级高死亡少""道路抢通到何时"等。说实话，作为身处抗震救灾一线的记者，看到这样的信息，心里不是滋味。

　　以道路抢通为例，昭通市民政局副局长何平解释：震区范围大、山体破碎受灾程度深，公路保通的压力很大；余震不断，又值雨季引起塌方，常常是"反复抢通、反复损毁"。我在行进中也切身感到，滇东北山大谷深，许多山乡公路像是"挂在"山上，面对这样的路，平原地区的司机恐怕腿肚子都发软。抢修人员顶着落石，甚至动用炸药，难度和危险可想而知。

　　灾区有灾区的难处。许多质疑者往往从自身的生活经验出发，不了解

恢复重建后的鲁甸县龙头山集镇。（鲁甸县委宣传部供图）

灾区的社会背景。比如震级不算高的 6.5 级地震竟能造成现在的 400 多人死亡，成为当下舆论关注的焦点之一。客观地说，有这种疑惑也是正常的。但大多数人并不知道，此次震区属于国家级集中连片贫困地区，农民年人均纯收入三四千元，房屋质量问题折射的是贫困问题。当然，即使是贫困地区，如果处于地震带或自然灾害频发带，也应考虑把"抗灾安居"作为重点。不过，解决房屋质量问题也有个过程，群众脱贫更非短期之功。

　　记者以前数次到滇东北乌蒙山区采访扶贫，这里的生存条件之恶劣超出想象，群众几乎找不到平地建房子，高耸入云的大山陡坡上，三三两两的房子和"大字报田"极度分散。有些乡亲从家里走到公路边，都要两三个小时。而山里的房子仍以土坯房为主，抗震性差。要想让所有老百姓都住进钢筋水泥的好房子，恐怕需要有更多的财力保障。而这是贫困地区最头疼的事。

　　这几天，各种媒体上"正能量"满满。当你看到消防队员把缆绳绑在身上渡过湍急浑浊的河流，为的是把受伤的孩子尽快送往医院；当你看到年轻的战士只身泅水渡河，为救落水群众而不幸被落石击中；当你看到各路救援队伍争分夺秒，救援队员们一身征尘、满眼血丝；当你看到来自各地的救灾物资运输车和志愿者挤满灾区集镇，火急火燎地寻找一个安放处，你是否有一种"要哭的感动"，对不尽如人意处多了一份体谅？

　　这样说，不是回避问题，更不是为谁"开脱"。关键是，大灾当前、灾情复杂，需要一个众人拾柴、众志成城的氛围，这更有利于受灾群众。记者在巧家县抗震救灾指挥中心，想现场采访一个领导，根本找不到人，"他们都在一线"，新闻中心的同志面露难色说。而新闻中心里有的工作人员睡沙发，把挤出来的住处让给记者。这才是真正的一线，大多数基层干部和救援人员都很辛苦，需要心理上"减压"而非"加压"。而任何一条夸大灾情的信息或是谣言的传播，都可能干扰抗震救灾秩序，是对灾区人民的不负责任。正如不少网友所言，有一种支援叫"不造谣"。

　　不可否认，一些质疑乃至批评的出发点也是善意的，是为了今后此类灾害的损失更小。但也有一些过激的言辞，或许仅仅是为了让自己显得"深刻"些。耐人寻味的是，记者也看到了日本网站网友对鲁甸地震的留言，一般而言，语气要温和得多，态度也更理智。现在许多人呼吁建立一个更加成熟的救灾体系，那么，社会心态和舆论环境的理性和成熟就是内容之一。此时多一份体谅和包容，比"片面的深刻"更能打动人；多一些参与和推动，比情绪的宣泄更有意义得多。大灾面前心平气和，也是一种抗灾的力量，更是一种磨难后的收获。

（2014 年 8 月 6 日发表于《人民日报》第 5 版）

滇池金线鲃的消失与重现

引子

滇池生态环境一度遭到破坏，成为我国污染最严重的湖泊之一。经过多年不懈治理，2016年，滇池全湖水质由劣五类上升为五类，首摘"劣五类"帽子；2018年，上升为四类，为30年来最好；2019年继续保持在四类。

今年1月20日，习近平总书记在云南考察时来到滇池星海半岛生态湿地，察看滇池、抚仙湖、洱海水样和滇池生物多样性展示。总书记指出，滇池是镶嵌在昆明的一颗宝石，要拿出咬定青山不放松的劲头，按照山水林田湖草是一个生命共同体的理念，加强综合治理、系统治理、源头治理，再接再厉，把滇池治理工作做得更好。

理想的，或者说未来的滇池水体，是什么样子？在1月20日的展示现场，一个玻璃"生态缸"引人注目：雪白淡雅的海菜花盛开水面，滇池金线鲃游弋穿行，背角无齿蚌栖息缸底。

"这三类土著生物构成的微缩版生态系统，是今后滇池水域有望达到的理想状态。"负责生态缸布置的中国科学院昆明动物博物馆副馆长李维薇告诉记者，"滇池保护治理已经进入一个崭新的窗口期，从工程治理为主逐渐转向本土物种回归、重现。滇池生物多样性更丰富，有利于形成立体平衡的生态系统。"

那条阳光下闪光的滇池金线鲃，被称为"滇池古董"：早在 300 多万年前滇池形成时，它就存活其中。然而，随着生存环境受破坏，20 世纪 80 年代，金线鲃从湖体消失。随着近年来人工繁育技术的突破，以及增殖放流活动的持续开展，如今在入滇河流盘龙江上游，滇池金线鲃种群身影重现。

从濒危国家二级保护动物，到目前千万尾级的人工繁育能力；从退出湖体到重新入湖，助力滇池流域生态治理——位居"云南四大名鱼"之首的滇池金线鲃，命运变化和滇池如此休戚相关，给当前的湖泊生态环境治理修复以启迪。

消失之忧
滇池发出早期警告

潺潺流水清澈见底，成群结队的云南光唇鱼、昆明裂腹鱼和滇池金线鲃，摇头摆尾游荡。簇簇海菜花顺水漂浮，花朵点缀水面。

暮春时节，记者来到昆明嵩明黑龙潭，似误入桃花源，心情顿感舒畅。同行的中国科学院昆明动物研究所副研究员潘晓赋感慨道："以前五百里滇池，条条入滇池河流，都这样子！"

"五百里滇池，奔来眼底。披襟岸帻，喜茫茫空阔无边……"清人孙髯翁脍炙人口的长联，仍挂在滇池边大观楼的楹柱上，让诸多到访者浮想联翩。但不断累积的污染曾一度让这颗高原明珠黯然失色。滇池污染在世纪之交达到顶峰，人们看到的是蓝藻暴发后"绿油漆"般的滇池水。曾经的许多滇池风物，只留在了文献或记忆里。滇池金线鲃就是例证。

滇池风光。（王正鹏 摄）

滇池金线鲃俗称金线鱼、小洞鱼，成鱼喜食小鱼小虾，为"云南四大名鱼"之首——其他三种是洱海的大理弓鱼、抚仙湖的鱇浪白鱼和星云湖的大头鲤。

孰料，土生土长的滇池金线鲃，20世纪80年代在滇池湖体中消失了。什么原因？

"水体污染日益严重，滥捕屡禁不止，加之竞争不过外来物种，滇池金线鲃的生存、产卵环境剧变。"和鱼打了37年交道的中国科学院昆明动物研究所研究员杨君兴解释。

滇池金线鲃是一种"娇贵"的鱼。大约每年12月到次年3月，它都会游到滇池周边泉眼和地下暗河里产卵，水温须在18至20摄氏度，还须是干净的流水。它把卵小心翼翼产到水下砾石表面，进入7至8天孵化期，而青、草、鲢、鳙"四大家鱼"的孵化期则要短得多。这意味着，如果没了龙潭（当地对泉池的称呼）、地下河这样的产卵环境，或者产卵洄游通道被阻断，滇池金线鲃繁殖将遭到致命打击。

1969 年底，滇池围湖造田开工。历时 8 个月，经过筑堤、排水、填土造田三大会战，滇池八景之一的"灞桥烟柳"化为乌黑腐殖土。最终，围湖造田 3 万亩。此后，许多龙潭还被砌石成池用来灌溉、取水，加之嗣后入滇河道陆续萎缩污染，金线鲃不得不从滇池离开，残存在周边一些龙潭里。

很长一段时间，滇池都是一个生产型湖泊——那时提高水产品产量"解决肚子问题"是当务之急。1957 年前，滇池以本土鱼类为主。60 年代后期，放养鲢鳙鱼、草鱼成为主流，1969 年水产品捕捞量 3080 吨。1975 年增至 8363 吨，主要捕获物为日本沼虾和秀丽白虾。80 年代，外来物种银鱼开始成为主产品，单此一项产量曾达 3500 吨。

"直到 2010 年，才从水体治理角度往滇池投放本土鱼种——人工繁育的滇池金线鲃。"昆明市滇池渔政监督管理处副处长王勇介绍，之前为丰富"菜篮子"引入的"四大家鱼"，尤其是附带来的麦穗鱼等，让金线鲃不堪其扰。

"金线鲃等土著鱼类在繁殖方面的'脆弱娇贵'，恰恰说明它们对滇池健康水体环境依赖程度高。这些年，我们深切感受到山水林田湖草是一个生命共同体，这个共同体环环相扣，缺了哪一环都不行。"在杨君兴看来，滇池金线鲃退出湖体，其实是在向人类发出早期警告，说明滇池已经"生病"了。

消失的不止金线鲃。60 年代，滇池里有土著鱼 26 种，现在湖体中只存 4 种。目前，滇池流域土著鱼类有 15 种濒危或易危。"我们不要小看这些濒危的土著鱼类，因为每个生物都蕴藏着隐秘的地质知识、丰富的进化信息，以及宝贵的基因信息。"杨君兴忧心忡忡。

同在中国科学院昆明动物研究所工作的王晓爱博士，则从遗传多样性的角度理解生物多样性："有物种多样才有遗传的多样性，由此带来的丰富基因是人类应对各种不确定性的资源库。比如应对各种流行传染病等也需要借助基因研究，不能因为现在'没用'就不管，'物种用时方恨少'。"

135

繁育之功
抓住拯救滇池金线鲃的重要机会

2003 年的一天，杨君兴接到一个陌生的越洋电话。对方自称是全球环境基金（GEF）的，表示愿提供科研经费，资助滇池水生生物多样性恢复研究。

电话是全球环境基金东亚和太平洋地区生物多样性官员托尼·维克多打来的，资助经费由世界银行发放，属于赠款——杨君兴团队此前完成了抚仙湖鱇浪鱼的人工繁育，引起关注。有了这笔经费，杨君兴把研究目光转向滇池金线鲃，他早就对这条鱼"寤寐求之"了。

2004 年，中国科学院昆明动物研究所在昆明大板桥建立珍稀鱼类繁育基地。潘晓赋回忆，从研究所办公室去基地，得先坐 74 路公交车，一个多小时后转乘 11 路公交车，再换"摩的"前往，基地四周是连片农田。

有了经费和基地，杨君兴团队开始野外寻鱼。走遍滇池周边散布的龙潭和溪流，他们最终在嵩明黑龙潭和牧羊河找到了很小的野生金线鲃种群。

"这是拯救滇池金线鲃的重要机会。如果没有中国科学院和云南省发改委、科技厅等部门的支持，我们也走不到今天。"如今在办公室追忆，杨君兴颇为感慨。

科研攻关挑战重重。滇池金线鲃在野外生存良好，但来到实验室就不繁殖了，池塘里的金线鲃精子和卵子始终不成熟，没法人工授精，有些鱼甚至不排精。

要吃什么才能帮其性成熟？如何让饵料配方高度吻合其"野外食谱"？如何人工营造产卵环境？研究人员一项项从头开始摸索。

滇池金线鲃在夜间活动，繁殖期里，研究人员就睡在鱼塘的埂上。"搞科研，人将就鱼，不能鱼将就人。"潘晓赋自基地成立就驻扎于此，"晚上观察鱼累了，翻个身能看见满天星斗，也是乐趣。"在那些不眠之夜里，潘晓赋给出生的儿子取名浩铭：希望在浩渺的滇池里，铭记下这一笔。

寒来暑往，杨君兴团队围绕滇池金线鲃走过 3 年多。"鱼类不会说话，繁殖期又习惯隐蔽起来，只能靠一点点观察积累。"杨君兴说。

终于出苗了！2007 年，实验室繁殖出 300 多尾鱼苗。摸索出金线鲃性成熟规律后，受精率从一小时受精三成，提高到半小时内受精七成。也在这一年，杨君兴团队获得云南省政府 600 万元经费支持。此后，胚胎发育、仔稚鱼的食性转化与生长等课题研究，也都进展顺利。

3 月中旬，记者来到位于大板桥的鱼类基地。在孵化车间，直径两三米的钢盆里，滇池金线鲃的幼鱼密密麻麻。"鱼卵就粘在附着物上面，从最初繁殖 300 尾到如今上千万尾，濒危的金线鲃物种保住了！"中国科学院昆明动物研究所张源伟博士介绍说。

王晓爱则自称"养细胞"的人——把滇池金线鲃的细胞"冻"在零下196 摄氏度的液氮里，需要时再恢复活性。不只滇池金线鲃，她还给 30 多种云南土著鱼建档立卡，实现细胞水平的保存。

张源伟掌握了滇池金线鲃和鲤鱼的杂交技术，有利于产业化推广，这意味着专利和收益。如今代替潘晓赋负责基地的他却说，光图钱就不在这里干了。

在号称"生物王国"的彩云之南，土著淡水鱼类达 594 种，约占全国四成，其中濒危的有 138 种。从这些数字中，不难领会珍稀鱼类繁育研究这项工作的特殊意义。"保护生物多样性具有全球价值，我虽然头发白了，但还有很多濒危鱼类等着我们研究繁育。"杨君兴说。

游出实验室，滇池金线鲃将面临两个方向：重新回到祖先们的世界，净化滇池水体；人工养殖可持续开发利用，"游"回市民餐桌。2010 年起，滇池水体开始放流的金线鲃，就是杨君兴团队人工繁育的鱼苗。10 年以后，它们活得怎么样？

生态之治

恢复滇池金线鲃"生境"须下绣花功夫

春暖花开时节，一则新闻引人关注：36 只钳嘴鹳现身滇池湿地。

这几年，滇池湖滨恢复起来的湿地，成了天然"鸟窝"。光顾的野鸟种类不断刷新，包括濒危物种彩鹮，以及翻石鹬、铁嘴沙鸻等十来种。

滇池治理是事关云南全局的大事和生态文明建设重点工程。从点源污染治理到流域系统治理，从单一治污向污染治理与生态恢复并重，多年来，云南省和昆明市锲而不舍，滇池治理成效明显。

"人退湖进、休养生息，是滇池生物多样性的'产床'。"昆明市滇池高原湖泊研究院高级工程师潘珉，高度评价环湖截污和"四退三还"（通过退塘、退田、退人、退房，实现还湖、还林、还湿地）的治理之功，"通过工程性措施先解决外源污染问题，再转向湖体水生态治理，这也是国际湖泊治理的共性经验。"

在生物均衡、生态健康的湖体里，土著鱼类不可或缺。2010 年以来，累计向滇池放流 180 多万尾金线鲃。同时还有滇池高背鲫、云南光唇鱼、滇池银白鱼等土著鱼——它们大多经历了在滇池里消失又重现的"命运沉浮"。

作为滇池旗舰物种，金线鲃的繁盛，对滇池生态链意义独特。"金线鲃处于滇池食物链高层，捕食银鱼等小鱼小虾，从而抑制藻类暴发，助力水体健康。"潘晓赋介绍。

然而放流 10 年，滇池金线鲃种群恢复仍不理想。人们虽在盘龙江上游发现了放流金线鲃的种群，"但没有发现小鱼苗，说明人工放流的鱼可能没繁殖。"王晓爱说。

原因何在？杨君兴分析，一是放流数量少，在滇池里找宛如大海捞针；二是说明滇池的整体生态环境还不甚理想——龙潭、暗河等金线鲃的洄游环境依旧被阻断。

昆明西山脚下，潘晓赋带着记者兴冲冲地去考察一个据称可能繁育金线鲃的龙潭，但现场景象让人失望：当年汩汩冒水的龙潭已然干涸。

恢复滇池金线鲃的"生境"道阻且长。以龙潭为例，它们有的干涸湮没，有的被截断成取水口。而吐纳连通的龙潭，都曾是滇池的一部分。

"如果说工程治理见效快且显见，那么滇池生态治理和生物多样性恢复，必须长期下绣花功夫。"潘珉坦言。

暮春时节，重新开放的斗南湿地公园，波光粼粼，水草摇曳。海菜花、菖蒲、睡莲等水生植物点缀于岸边道旁，银边麦冬、中山杉、火棘等乔灌植物梯次配置。白鹭、银鸥、红嘴鸥等候鸟成为常客；滇池金线鲃、滇白鱼、银鱼等鱼类在此畅游。

"我们云南有句童谣：'海菜花，开白花，爱洗澡的小娃娃，清清的水不带泥也不带脏……'海菜花和滇池金线鲃的生存需要清洁的水体环境，看看大家能不能在这里找到。"听完工作人员的讲解，家长和孩子们便迫不及待地前往湿地周边，开始了"寻宝"之旅。不远处，一对新人正在拍摄婚纱照。

很难想象，这里几年前还是大棚、鱼塘、民房一片混杂。昆明市滇池管理局副局长李应书介绍，斗南湿地的建设，经过5年时间，在"四退三还"基础上，通过景观化方式拆除阻挡湖水流通的防浪堤，在重新连接湿地与滇池的同时，充分利用土著鱼类、水生植物的生态手法净化水体。

在杨君兴看来，滇池金线鲃未来的命运，正有赖于"综合治理、系统治理、源头治理"的成效。

长远之计
不负滇池不负鱼，让更多人从生态修复中受益

1638年，大旅行家徐霞客从胜境关入云南，驻足昆明。这一年，他写

下《游太华山记》，其中说金线鱼"鱼大不逾四寸，中腴脂，首尾金一缕如线，为滇池珍味"。

太华山下，滇池之滨，昆明不少地方有意与金线鲃续写一段历史前缘。坐落于滇池边的西山区碧鸡镇百草村，就是其中之一。村里一大一小两个龙潭，一直都有滇池金线鲃生存。村子收拾得干干净净，正借力金线鲃打造乡村旅游。

记者赶到时，村里龙潭刚疏浚完。"金线鲃游回暗河躲起来了，施工完后游客就能看到野生金线鲃，这可是我们百草村的旅游亮点。"村民王学说。

如何发动群众爱护、恢复滇池金线鲃的生存环境？人不负青山，青山定不负人。绿水青山既是自然财富，又是经济财富。潘珉认为，群众从中受益了，就会有更多的人参与进来。

10多年前，杨君兴曾建起"海菜花—金线鲃—蚌类"立体养殖模式试验田，希望推广应用到滇池周边"四退三还"的农地上。

"'生态缸'养殖模式虽好，可惜有点生不逢时。"在西南林业大学退休教授周伟看来，怎样迅速让滇池水清是那时最紧迫的任务，"花鱼蚌"的养殖模式治理见效慢。而如今，周伟觉得时机来了："这模式既能让村民通过卖金线鲃、海菜花获得收益，又能净化滇池水质、促进生物多样性，值得在滇池'轮牧'推广。"

前些年，"花鱼蚌"养殖模式推广成效不彰还在于缺乏良种，如杨君兴自己所言，"如果不能稳定、批量地供苗，如何让养殖户以此安家立业？"如今，这不再是一个问题——历时13年，杨君兴团队以野生滇池金线鲃为基础，终于培育出可规模化养殖的品种"鲃优1号"，生长速度比野生品种快了四成，肌间刺优化八成，煮熟可以直接咀嚼咽下。

2018年5月，"鲃优1号"经第五届全国水产原种和良种审定委员会审定，成为云南省首个获国家认证的水产养殖新品种。此前10年，这个委员会审定182个水产新品种，云南付诸阙如，丰富的鱼类资源没能转化为产业优势。

如今品种问题解决了，市场推广如何？

出昆明 200 多公里，抵达曲靖市会泽县。在乌蒙山腹地穿行，沿野牛厩河溯源而上，一路水声喧哗，山花烂漫，就来到滇泽水产公司的养殖基地。

养殖基地负责人李建友长期和杨君兴团队合作，致力于滇池金线鲃的产业化推广。基地以鲟鱼为主，附带养殖 40 多种云南土著鱼。这些土著鱼常被放流到附近的牛栏江，这里也是滇池补水工程起点。

尽管滇池金线鲃市价高达六七百元一公斤，但销量有限推广不开。李建友总结："一方面是养殖门槛限制，鱼小，一公斤 30 多条，而生长周期需两年；另一方面是知名度不高，毕竟成为养殖新品种才是这一两年的事。"

在原有流水池塘集约化养殖基础上，李建友琢磨出"稻田养土著鱼"：在一方稻田设出水口和入水口，稻田一侧挖沟。通过稻田水量控制，可以调节水温，从而影响鱼的进食习惯和繁殖期；割稻子时鱼进入沟里，克服了稻田养鱼的季节性。由此，产量与收益节节攀升。李建友说："这套技术简单成熟易复制，金线鲃养殖规模不再是问题。2018 年刚起步时我们养殖面积是 50 亩，产出 20 吨商品鱼，今年预计可达到 300 吨。"

李建友的探索，和杨君兴"立体湿地"的思路不谋而合。"云南冷水洁净的小坑塘溪流多，适合土著鱼生长。"杨君兴坚信，"金线鲃能产生效益，'游'回老百姓的餐桌，是更可靠的保护，也是推进湖泊流域生态治理的契机。"

很多见过滇池以前样子的人，同杨君兴一样满怀期待。百草村 85 岁的老人刘红宽回忆，年轻时水里的鱼比树叶子还多，金线鲃夜里活动，人站在河沟里直撞脚。"金线鲃像绸缎衣服般丝滑，一点不怕人！卖得比一般鱼贵，好吃呢。"

从老人陶醉的神情里，记者仿佛又看到了那个"喜茫茫空阔无边"的滇池：那里"苹天苇地"，点缀些翠羽丹霞、香稻晴沙；那里苍烟落照，可观半江渔火、两行秋雁。近处看，成群的金线鲃在龙潭溪涧和滇池间穿行，阳光下熠熠生辉，"首尾金一缕如线"……

那一刻，记者心头一动，想到了潘晓赋的那句话——"保护滇池金线鲃，也是保护我们的乡愁。"

（2020 年 5 月 15 日发表于《人民日报》第 13 版）

陈娟

作者简介

陈娟，女，1980 年 7 月出生，湖南常德人，毕业于湖南大学新闻与传播学院新闻系。现为人民日报社总编室生态编辑室主编。

2003 年 12 月 1 日，赴人民日报云南记者站工作，开启五年多的驻站记者生涯。驻站期间，走遍云南的 16 个州市。从 23 岁的青春年华，到离别云南时的年近而立，人生最美好的时光都在云南度过。云南人的标签，也一直镌刻在心底。

2009 年 2 月离开云南后，回到人民日报社总编室工作，由此与云南的关系一直延续。从鲁甸地震，到此前的《空中楼阁怎样卖出三亿元》《独龙族告别半年大雪封山》等报道，对云南的关注一直在持续，且永不会停止。

一个黄金周　多少"人情票"

　　黄金周期间，一家植物园接待的 1 万多名游客中，竟有上千名享受免票待遇的"特殊游客"——

　　"到西双版纳不看植物，等于没到西双版纳。"有着"植物王国的缩影"美誉的西双版纳热带植物园，是众多到西双版纳的游客的必选之地。

　　然而，每年近 3 万张、价值约 180 万元的"特殊免票"，却让植物园的管理者甚感无奈。

原本为了照顾当地困难群众而出台的优惠措施，却让很多人钻了空子

　　从西双版纳傣族自治州的首府景洪驱车出发，沿着澜沧江，过了橄榄坝再行驶 90 多公里，就到了勐腊县勐仑镇。目前我国最大、保存物种最多的植物园西双版纳热带植物园，就在当地三面环江的葫芦岛上。每年，有近 50 万人入园旅游并接受相关的科普教育。游客进入植物园参观，全价门

票为 60 元。

植物园科普旅游部赵部长告诉记者，由于植物园远离城市，处于边疆少数民族农村地区，因此，在公园的门票优惠政策中，将贫困山区的农民纳入了享受免票的范围。

"我们植物园的宗旨，就是要保护西双版纳的生态环境。要保护环境，首先要为当地的农民或者乡村干部直接或间接地普及植物学、园艺学和经济作物栽培技术，带动和促进当地群众科技水平的提高和产业发展。"赵部长介绍说，"凡是当地的农民，只要持县、乡政府的相关证明，或者经县、乡政府打来电话证实，都可以免票入园。"

让贫困农民免票进园接受教育，意图虽好，但问题也随之而来。赵部长说："有的时候，单凭一个电话，我们也无法判断来人身份的真假，因此可能让很多人钻了空子。"

"友邻单位"是免票大军主力，"特殊免票"一年让公园损失 180 万元

除了当地农民，植物园还对一些"友邻单位"实行了"特殊免票"。据了解，2005 年，西双版纳植物园接待的游客数量约为 53.5 万人，门票收入为 2000 万元左右。据不完全统计，2005 年享受植物园"特殊免票"的人数，大概在 3 万人次，门票价值在 180 万元左右。

今年国庆黄金周期间，一家"友邻单位"的干部带人来植物园游玩，按规定只可以免掉他一个人的票，但他要求免除所有人员门票。门票免了，住宿也要给最优惠的价格，但吃饭付钱的时候，此人还是讨价还价。"这种人让我们很头疼。"公园管理人员无奈地说。

据介绍，植物园的"友邻单位"主要包括三个部分：对口的科研单位、相关的景点景区和州县乡的有关单位。

"今年黄金周期间，植物园接待游客近 1.8 万人，门票收入在 100 万元

左右，而享受'特殊免票'的就有上千人，除了极少数持有介绍信、相关证件的科研单位人员，主要还是当地一些单位的工作人员。总的来说，乡上过来的人不太多，主要还是县里和州里的一些单位。"

要求免票者对"红灯"不予理会，园方不愿因为免票问题没有处理好而给自己带来麻烦

"一般来说，与工作有关的入园活动，我们都给予了免票优惠，但如果是游玩，按规定则需要买票。我们大概有一个原则，什么单位带多少人来可以免票。但是，有些单位带来的人，并不完全与工作有关，有时甚至是'友邻单位的友邻单位'，且人数众多，这样就让我们很为难。"

怎么区分工作和游玩？赵部长告诉记者："界定的难度很大！来人要求免票入园，人数较多而且无法判断是否应该免票时，就要翻来覆去打上好几个电话。可以说，有时候完全是在凭感觉，或者是凭对方的诚信来作出判断。"

对于"人情票"现象，管理人员表示："只要不过分，我们能给的方便一般都会给。但是，如果来的人数太多、范围太大，'友邻单位的友邻单位'甚至也包括在内的话，我们偶尔也会闪一下'红灯'……"

不过，"红灯"往往只能表达一下园方的不满情绪，实际效果不佳，因为大多数单位对此不予理会。

"植物园每年的游客人数都在上升，门票的收入也在不断增加。目前，植物园正在新建一些项目，会跟方方面面的单位打交道，我们不想因为几个人的免票问题没有处理好，给工作带来麻烦。"公园的管理人员如是说。

（2006 年 10 月 12 日发表于《人民日报》第 5 版）

铁骨耀警徽　柔情映真爱（上）

——记缉毒英雄罗金勇和他的妻子·罗映珍

"现在，让你握手或松手，你都会表示一下；让你把眼睛闭上，你也会吃力地闭眼。尽管你还控制不了动作，但对我来说，这是多么让人振奋的信号！只要你坚持住，我相信会一点点恢复过来的，让我们夫妻得以相拥，会有那么一天的！"

……

满满的 15 册书信，密密麻麻 10 多万字，是罗映珍每天忙碌后写下的。她的丈夫罗金勇，是云南临沧市永德县公安局民警，与毒贩搏斗受伤后，至今昏迷不醒，医学结论为"植物人"。

丈夫留给妻子的最后一句话，竟是那句颤抖的"800 多克"

"800 多克，800 多克……"

这是罗金勇在检查毒贩手中的塑料袋时，凭经验作出的判断，也是他在昏迷前说的最后一句话。

2005 年 10 月 1 日，国庆节。正在休假的罗金勇和妻子罗映珍一起，搭乘农用车到永德县小勐统镇湾甸村看望岳父母。

途中，有 3 名年轻男子上了车。司机问他们去什么地方，回答是去大田坝，准备在橄榄坡下车。一听这话，对当地十分熟悉的罗映珍说道："不对呀，橄榄坡离大田坝还有好长一段路呢，咋会在橄榄坡下车呢？"

妻子的疑问，引起了罗金勇的警觉。途中，农用车出了点故障，停在路边准备修理。那 3 名男子下了车，拿起东西要离开。司机觉得奇怪，对他们说："还没到橄榄坡呢，忙着拿东西干什么？"

还没到目的地就要走，这一反常的举动，更加引起罗金勇的怀疑。他迅速走上前，出示了警察证，对 3 名可疑人员进行盘查。司机看对方人多，就用手碰了罗金勇一下，想暗示他"算了"。但罗金勇还是打开了对方的提包，并在包内发现了海洛因。

看到罪行败露，3 名男子企图逃脱，罗金勇冲上去阻拦。穷凶极恶的毒贩抓起地上的木桩和石块，狠狠地砸向赤手空拳的罗金勇。一根 20 厘米长、直径 5 厘米的枕木，被毒贩用来击打罗金勇的头部，竟然裂成了 3 截……

等上完厕所的罗映珍回来，罗金勇已经倒在血泊中，不省人事。

闻讯赶来的村民，当场抓获一名毒贩，缴获海洛因 1150 克，另 2 人逃离现场。村里的医生赶到现场，看见满身是血的罗金勇时，手抖得厉害，根本无法打针。在计生所工作的罗映珍，忍着巨大的痛苦，流着泪，亲自为重伤的丈夫打针、处理伤口。

在村民们的帮助下，罗金勇被送往 60 公里外的永德县医院抢救。山路颠簸，满手是血的罗映珍，抱着丈夫的脑袋，不停呼唤着他的名字。半路，遇到公安局禁毒队的同事，罗金勇用仅存的力气，挤出几个字："800 多克，800 多克……"便又昏迷过去。

接到报案后，永德县迅速成立专案组，第一批紧急增援的民警当天下午就到达现场，对案发地附近区域进行了全面搜索。与此同时，临沧市公安局迅速查出了两名在逃嫌犯的详细资料，印发大量的协查通报，全力组织对两名在逃毒贩的追捕。一张缉捕毒贩的恢恢法网，在滇西边陲全面铺开。10月9日，逃亡8个昼夜的犯罪嫌疑人艾某被成功抓获。目前，抓捕在逃嫌犯杨某的工作仍在继续。

入院的第二天，罗金勇依然处于重度昏迷中。经过省市医疗专家会诊，罗金勇被确诊为重型颅脑外伤，需要手术治疗。此后，罗金勇共接受了4次手术，虽然脱离了生命危险，却再没能醒来，成了一个"植物人"。

一起回家探亲的丈夫，留给妻子的最后一句话，竟然是那句颤抖着的"800多克，800多克……"

"等你好了，明年中秋，我们一起回家去看月亮"

如今，距离罗金勇昏迷，已经1年零8个月了。600多个日子里，罗映珍守护在丈夫身旁，精心照料，不离不弃。

每天早晨6点，罗映珍准时起床，一边熬粥，一边给丈夫榨上一杯新鲜的果汁，"医生说，他要多喝点果汁，可以增加免疫力"。罗金勇转院到昆明后，永德县公安局把在小勐统镇计生所工作的罗映珍借调到局里，并在医院附近租了间房子。这样，罗映珍可以更方便地照顾丈夫。

7点左右，带着粥和果汁，罗映珍走进病房。给丈夫简单擦洗后，罗映珍一点点地喂他喝下果汁和粥——罗金勇现在只能依靠鼻饲管进食。每隔两个小时，罗映珍都要帮丈夫翻身、按摩穴位；每天，要擦洗一次身体，"他躺在床上那么久了，抵抗力下降，如果不小心护理，皮肤会生褥疮，容易引起并发症"。

"宝贝，放松点。你放松点才会好起来，才能吃饭，才能去做你喜欢的工作。"罗映珍一边为丈夫按摩，一边对他轻声说话。有时候，罗金勇一天

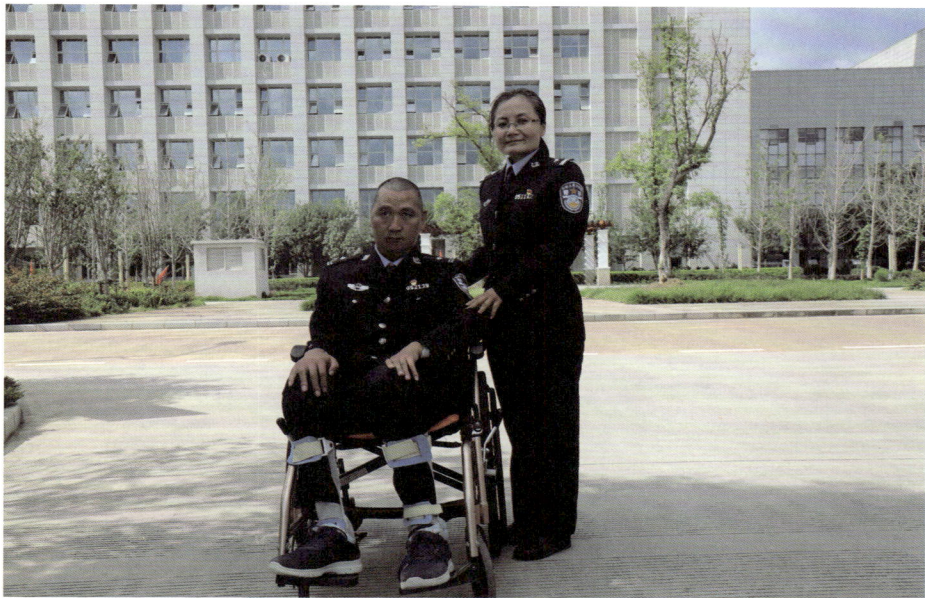

● 罗金勇、罗映珍夫妻二人合照。（陈攀 摄）

会发作几十次的痉挛，每次都是罗映珍帮他按摩抽搐的躯体，"每次我都提心吊胆，怕他过不了这关，可他都挺过来了。我知道，他能感觉到我的心意，他在努力"。

忙完例行护理，罗映珍总要坐在丈夫身边，轻声地念她写给丈夫的情书："今天是中秋。晚上的团圆饭，我在病房陪你一起吃。'老公，和老婆一起吃月饼、吃中秋饭了'，对你喊这句话的时候，我有些想哭。等你好了，明年中秋，我们一起回家去看月亮。"

罗映珍对丈夫深深的爱，就这样一点一滴地记述下来。

"他受伤失去了记忆，我要帮他把这段空白记下来，等他好了，告诉他每天都发生了什么事情。"每个日记本，罗映珍都特意选了不是很厚的，她总是希望着，等这本写完，丈夫就会醒过来。

2006年8月20日，是让罗映珍记忆深刻的日子。"我让他握我的手，他真的握了；让他眨眼睛，他也真的眨了。我当时就哭了。他每一个细微的反应，对我来说都是天大的喜讯。"谈到丈夫病情的进展，罗映珍脸上的笑容灿烂，"他现在的反应很微弱，一般人很难觉察到。只要你不停地和他讲话，他偶尔也能眨眨眼睛，哼两声，还会长长地叹气。"

"你我约定一争吵很快要喊停／也说好没有秘密彼此很透明／我会好好地爱你傻傻爱你／不去计较公平不公平……"5年前，28岁的罗金勇和23岁的罗映珍喜结良缘，两人在婚礼上一起唱过一首《约定》。现在，罗映珍每天都会在病房里唱这首歌给丈夫听，来唤起丈夫对往事的回忆。

罗映珍说，夫妻在一起，不仅是因为爱，还有相互间的责任，"这两年时间，我从没想过，如果没有他，我会怎么办；我只有不停地坚持，等着他好起来"。

"医生说了，现在金勇的病情稳定中有好转，意识也有一定的恢复，治疗康复前景较好。等他好了，我也要痛痛快快病一场，让他也寸步不离地守着我。"罗映珍期待着，期待着那一天的到来。

忠诚无价爱无价

云南省永德县公安局民警罗金勇，在休假探亲途中不忘职责，只身查缉毒品案件；面对凶残的毒贩，他舍生忘死，英勇搏斗，终因寡不敌众身负重伤，至今昏迷不醒。

在罗金勇的心目中，警察的职责，没有"八小时以外"，穿制服是警察，着便衣也是警察，是警察就要管事！强烈的责任意识，使他将自身安危置之度外，忠诚地履行了人民警察的神圣职责。

罗金勇的英勇行为，并非出于一时的冲动，而是源于他多年的职业锤炼，源于他对党、对人民的无限忠诚，源于他对公安工作的无比热爱，源于他疾恶如仇、英勇无畏的革命精神。他用青春和热血，展示了一位共产党员、一名人民警察的崇高情怀和浩然正气。

英雄的身边，有一位可敬的亲人；长期昏迷的丈夫跟前，有一位坚强守候的妻子。平日里，她以爱的力量支持着公安事业；在常人难以承受的困难日子里，她以爱的力量激发着丈夫的生存意志。600多天的悉心看护，600多篇深情的书信，英雄的妻子罗映珍以爱的信念，书写着呼唤生命的动人篇章。她的身上，真切地体现着中华民族的传统美德。

维护社会稳定、促进社会和谐，人民警察重任在肩。作为公安事业的后盾，警嫂们、家属们给予了一线民警宝贵的支持。他们以理解和奉献，为构建和谐社会贡献着自己的光和热。同冲在一线的民警们一样，他们值得全社会尊敬和关爱。

英勇的民警，用青春和热血维护着社会的和谐与安宁，这是对党和人民事业的忠诚；英雄的妻子，不离不弃，执着守护着丈夫，这是对亲人的爱。罗金勇和罗映珍的感人事迹，以忠诚和爱，弘扬着民族精神和时代精神。他们，不愧为践行社会主义荣辱观的优秀代表。

600多封"情书"的故事还在继续。阳光总在风雨后，衷心祝愿罗金勇、罗映珍夫妇，尽快迎来属于自己的美丽彩虹。

（2007年6月3日发表于《人民日报》第1版）

铁骨耀警徽　柔情映真爱（下）

——记缉毒英雄罗金勇和他的妻子罗映珍

"身着警服，头戴警徽，就要无愧于人民警察这个光荣的称号"

在罗金勇的警官证里，夹着罗映珍写的一张小小的"许愿卡"，卡上写着："老公，你要兑现你的承诺，牵着我的手，永不放弃！"

警官证，是罗映珍从事发现场捡回来的。擦净上面的血迹后，罗映珍一直带在身边，"这是他最看重的东西，我要好好为他保管"。

8年前，罗金勇从云南民族大学毕业，作为非公安院校的优秀毕业生，被分配到永德县公安局小勐统派出所工作。永德地处云南西南部，与中缅边境线的直线距离仅40多公里，复杂的地形和特殊的地理位置，使这里成为境外贩运毒品入境的重要通道。

刚到派出所，罗金勇便被分配到了由班老、玉明珠、梅子寨等几个村子组成的警务区。这里面积大、治安较差，警务繁重。为了做好辖区的工作，罗金勇长年累月在一线蹲点堵卡。"跟着金勇哥外出堵卡，有时一去就

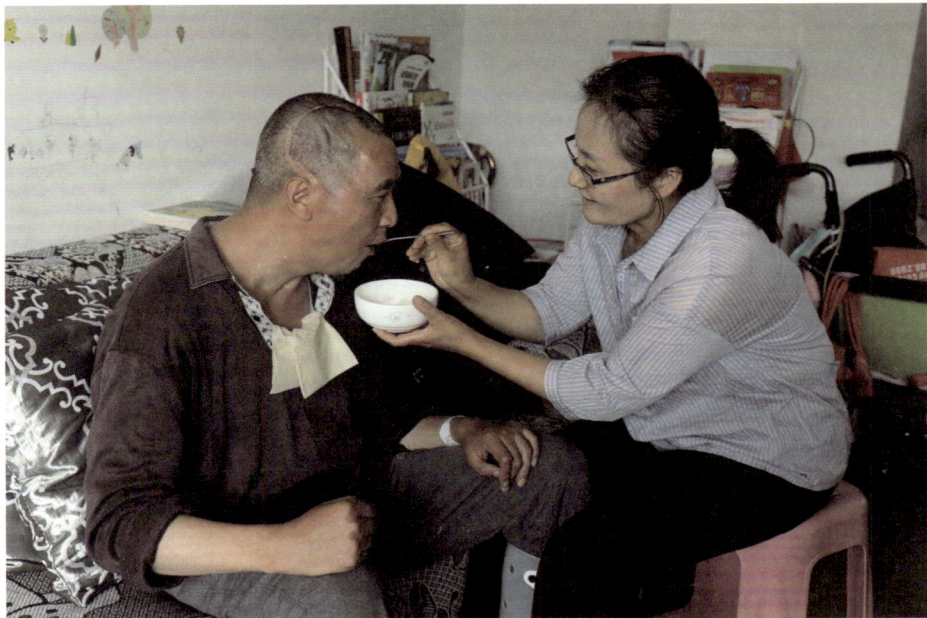

罗映珍在照顾罗金勇。（云南省公安厅供图）

是十天半个月，不分白天黑夜。每次堵卡回来，浑身都是脏兮兮、汗斑斑的，从来没听他喊过累。"说起罗金勇，同事赵金彪很是佩服。

在小勐统派出所工作期间，罗金勇每年下乡堵卡和执行任务的时间足有8个多月。为人正派、办事公道的他，很快赢得了群众的信任。他们经常向罗金勇提供情报、线索，协助办案，罗金勇负责辖区的治安形势，也因此不断好转。

"身着警服，头戴警徽，就要无愧于人民警察这个光荣的称号！"这句话，罗金勇写在学习笔记上，也落实在行动中。他深知自己"半路出家"，要当个好警察，就必须学习实地作战的本领，积累基层工作的经验。曾经当过小勐统派出所所长的杨希红说，罗金勇勤奋好学，经常查阅破案资料，向同事虚心学习办案经验。

"他对自己的工作，有着强烈的责任感。"同事刘银彪记得，有一次，罗金勇外出办案时出了车祸，造成腰椎压缩性骨折。可没等痊愈，住院才三天的他就回到了工作岗位，导致腰部有了严重的后遗症，每逢阴天下雨，都会隐隐作痛。

罗金勇是外地人，说话有浓重的外地口音，因此在执行任务时，他常常化装成接头老板、马仔，与毒贩面对面交锋。对执行此类任务的危险，永德县禁毒大队队长李国臻说："扮演这样的角色，稍一出错，就会让狡猾的毒贩看出破绽，不仅完不成任务，甚至会牺牲。但罗金勇每次都是勇敢地接受任务，出色地完成了使命。"

在小勐统派出所工作的 6 年时间里，罗金勇先后参与破获贩毒案件 12 起，抓获贩毒分子 20 名，缴获海洛因等各类毒品 50 多公斤、运毒车一辆，还有手榴弹、手枪等武器若干。其间，他两次受到永德县公安局嘉奖，被临沧市公安局记三等功 1 次。2006 年，罗金勇被公安部授予"全国公安系统二级英雄模范"称号。

"既然选择做警察的妻子，就有了充分的心理准备，要当好一名警嫂"

丈夫取得的成绩，让罗映珍为之自豪。但在罗金勇心里，这些奖章，凝聚着妻子的理解与付出。

罗映珍的衣柜里，挂着一件 2 年前买的孕妇装。两人结婚 3 年都没要孩子，时间都用在了工作和学习上。2005 年 7 月，他俩完成了各自的函授学业，"宝宝计划"终于提上了议事日程。罗映珍的同事李桂勇告诉记者："他们俩一起去买了孕妇装，还有胎教音乐碟，可谁知道……"

在给丈夫的书信中，罗映珍这样写道："我们两地分居，三年都没敢要孩子。你在电话里对我说，'老婆啊，我们家最缺的，就是一个宝宝'。我们说好了，今年11月就要一个。老公，你一定要站起来，等你好了，我们生个孩子，一家人快乐地生活。"

罗金勇在小勐统派出所工作时，与在镇计划生育服务所工作的罗映珍相识、相恋。2002年底，两人步入了婚姻殿堂。可没多久，罗金勇就被调到县公安局工作。此后，夫妻俩聚少离多。

"结婚后，我经常埋怨他，'跟你结婚真吃亏，恋爱没好好谈过，现在又分居两地'。他总是笑着说，'那我们就先结婚、后恋爱'，以后会越来越好的。"罗映珍说，两人的感情，并没有因为距离而变得平淡，反而在逐渐升温。每天早上，罗金勇会定时打来电话，催罗映珍起床。每当罗金勇要回家时，总会提前打电话给妻子，说"我要回了，把脏衣服都留着，让老公来表现表现"。

同学贺海燕曾经问罗映珍，两人两地分居，罗金勇工作又忙，会不会觉得很辛苦？对此，罗映珍没有怨言，"既然选择做警察的妻子，就有了充分的心理准备，要当好一名警嫂。我也很爱我自己的工作，那就没有任何理由，让他不去爱他的工作"。

作为警嫂，罗映珍也曾和丈夫共同面对过一起武装贩毒案。

那是2002年5月26日，罗映珍到玉明珠村下乡工作，罗金勇和战友赵金彪也在那里设卡检查。中午时分，一辆车朝检查点急驶而来。罗金勇上前拦车，车上的3名男子见只有2名警察，其中一人便扑向罗金勇，另2人则去抢赵金彪身上的冲锋枪。在这生死关头，罗映珍惦记着不能让坏人把枪抢走，顾不上自己的安危，朝赵金彪冲了过去。歹徒以为她也是警察，仓皇逃跑。这次行动，罗金勇他们抓获一名毒贩，查获海洛因15公斤，手榴弹4枚。

"如果那一天，你在他的身边，会不会阻止他？"有人这么问罗映珍。她想了想，在日记里写下这么一段话："你明明知道或许会有生命危险，还是不顾一切地上前去盘查。如果当时你根本不曾警觉，或者睁只眼闭只眼就过去了，根本没人会知道。从认识你到现在，已经 7 年了，我已了解，你是多么不顾个人安危的人！"

丈夫仍然昏迷着，但罗映珍觉得，这个家仍完整地存在。在她心里，丈夫是这个家的顶梁柱，经历了这么多大大小小的事情，丈夫始终坚持着，没有离她而去。罗映珍依然相信，终有一天，丈夫会牵着她的手，一起回到小勐统镇，回到他们相知相恋的地方。

（2007 年 6 月 4 日发表于《人民日报》第 4 版）

胡洪江在怒江州福贡县拉马底村采访溜索改桥

胡洪江

作者简介

胡洪江，人民日报微信公众号主编，2008 年 9 月至 2013 年 12 月在人民日报社云南分社从事记者工作。有幸，记者生涯的起点在云南。五年多的时间，在红土高原奔走、书写，参与推出杨善洲、高德荣、"陆良八老"等重大典型，也曾竭力为水富矽肺病农民工、开远"黑人黑户"、东川受地质灾害威胁群众发声。

爱云南，不仅因为大理丽江、傣乡佤寨、茶山花海，更因为从这里起步，一个初出校门的新闻学子成长为了一直在路上的新闻人。

31 年　13.6 万亩

"陆良八老"种树记

20 世纪 80 年代初，8 位正值壮年的汉子带头上山种树，此后又义无反顾地承担起守护山林的重任，一晃 31 年。风里来、雨里去，原本乱石嶙峋的荒山披上了新绿，当年的壮汉如今都已白发苍苍——他们是：87 岁的王家云、84 岁的王云方、82 岁的王开和、78 岁的王德应和王家寿、77 岁的王家德、75 岁的王长取、73 岁的王小苗。

【镜头一】

冬春挖塘，雨季栽树，为抢时间，8 个人常常住在山上。"杂木砍下来搭个棚子，找些枝枝叶叶垫着，管它地上湿不湿，就这么睡了。"王家寿说，实在太冷了，他们就挤在一起取暖，第二天起来时，全身都是冰碴儿。

78 岁的王家寿还记得，30 多年前，花木山林场所在的山区被当地村民唤作"石碴子""光头山"。"山上没树，挡不住风，山脚下种个玉米都不会结苞子。一场雨下来，啥都冲光了。"

"山头要有树，山脚要有路，农民才会富。"时任龙海公社树搭棚村民兵营长的王小苗曾带人到山上打靶，却连一棵可以充当靶子的树都找不到。望着这一大片荒凉的石疙瘩，想起山脚下辛苦讨生活的乡亲，他萌生了植树造林的想法。1980 年 3 月，时年 41 岁的王小苗带领 7 个壮汉上了山。横在他们面前的第一只"拦路虎"，是如何在漫山遍野的乱石缝中挖出塘子（树坑）来。

"山上全是石头，一锄下去，火星直闪，有时三天就能挖断一把锄头。"王家寿说。双手磨出了血泡，血泡又变成老茧，8 条汉子硬是在乱石堆中挖出了 4000 多个塘子。可种子播下去，第二年却不见树苗长出来。"老鼠、鸟雀把松子吃掉了。第一年亏得很惨，借钱重来吧。"王云方老人回忆说，他们开始找地方育苗，然后移栽。

8 个庄稼汉，7 个一字不识，但在植树造林的实践中，他们慢慢有了心得。"50 天育出的树苗，移栽成活率最高。"王家云说。为赶在下雨天移栽完所有树苗，8 个人领着儿子、媳妇一起干。"晚上就住在山上。我们都自带伙食，白布口袋里装着苞谷面、老酸菜。烂席子也带着，还有棕叶子编的蓑衣，雨天拿它披，夜晚拿它盖。"

刚上山的时候，老人们回忆，当年他们要么光着脚，要么穿着皮草鞋（用旧轮胎皮做底的草鞋）。杂木的刺、锋利的石头边常常划伤腿脚，但天长日久，脚上的皮肤磨出深褐色的老茧，硬得用针扎也难扎进去了。4 年风吹雨淋，8 个人在花木山林场植树造林 7400 亩，成活率达 95%。闻讯而来的周边村镇干部纷纷邀请他们去帮助造林。他们带领数百名青年，组成植树大军，在此后的 10 多年里，累计承包植树造林 13.6 万亩，验收成活率都在 90% 以上。

【镜头二】

一座土坯房，8个护林人。"谁先巡山回来谁煮饭，最后回来的那个，最好的饭菜都留给他。"王家德说，"我们就像亲兄弟一样，但谁的林子看得不好了，我们也吵架——只是从来不记仇。"

"林场再好，一把火就能烧了。树栽活了，管护最关键。"王小苗说，从1996年开始，年事渐高的8位老人把主要精力放在了花木山林场的管护上，常年与青松为伴。

"花木山上没有水，碰到旱季，就要走好几里山路，从村里背水上山去浇树，上了山也到处是石头。"王家寿说，"一身汗，一身泥，磕伤摔伤，都是家常便饭。"

大约7年前，距离花木山林场不远的一座山头发生森林火灾，老人们怕山火蔓延过来烧了林场，踉踉跄跄地往大火方向跑去，准备守在那里随时灭火。当时已逾古稀的王云方被石头绊倒，重重地摔在地上，伤了坐骨神经。伤还没痊愈，他又拄着拐杖上了山。"别人都去（巡山）了，我不去，不好开展工作。"王云方说，林场范围内有11个山头，每人管护1个，剩下3个共同管护，如果他老不去，其他7个人的管护压力就大了。

每年春节前后，鞭炮炸得震天响，8个老人却最是紧张。"鞭炮、礼花最容易引起火灾，一点都不敢马虎。"王开和说，他们8个人的家离林场不过三四公里远，可有8个年头，他们是一起在山上过的年，20来平方米的土坯房里，打着地铺挤着睡。其余的年份，也是轮流守在山上。

有一年过年，王长取的老伴背着酒、菜送上山来，满脸不高兴："叫花子也有三天年过，你们又不吃公家饭，又不领工资，过年了还不回家。"

王家寿的儿子王明昆跟着父亲在林场过了8个春节。"半夜两三点钟，

◆ 陆良八老。（龚斌 摄）

如果外面有动静，也要爬起来去看，要阻止人去打猎，更怕有人带火种上山。"王明昆说。

　　而看护这片林场，村集体没有投入，8个老人不仅没有报酬，还必须自己解决经费问题。1995年，在荒山造林完成后，他们开始利用林场生态优势，摸索开展多种经营，走"以副养林、以林促副"之路。"自己种菜、养鸡、养兔、养猪、养蚕。"王小苗的二儿子王红兵说，养长毛兔那几年，他和王明昆背兔毛下山去卖，好的时候能卖到90块钱一公斤。

　　在8位老人不计个人得失的精心守护下，花木山林场建成31年没有发生过一起火灾。"这个季节，山上开满了野花，漂亮着呢。"78岁的王德应说起林场，高兴得像个孩子，"林子里还有斑鸠、兔子、野鸡呢，不让人打。"

"山上的树长起来了，这些年，风小多了，雹子也少多了，石渣渣也梭不到地里去了。"说起"八老"，村民满小娣语气里满是敬佩。

【镜头三】

"这30年，几乎没怎么管过家里，连老伴患肺气肿去世前，也没时间照料。"王云方一直觉得，自己不是一个称职的丈夫、合格的父亲。说起这些年种树护林、常年不在家，8个老人都坦言，对妻儿怀有深深的愧疚。

王小苗已经记不清大儿子是在哪年过世的，他只记得，那年他在板桥乡造林，大儿子17岁。家里人捎来口信说儿子生病发高烧，叫他赶快回去。可他忙着造林，没顾上，等家里人把儿子送到曲靖的医院，已经延误了最佳治疗时间。

王德应老伴也没少和他怄气。他常年守在山上，家里没有干活的劳力，孩子们早早地辍学回家盘田，"子女们没读成书，一个都没走出农村……"王德应边说边叹气。

可时至今日，"八老"都异常坚定地表示，他们从没后悔过。"有一天我们死了，那些树还活着。荒山绿了，村民们需要木料的时候，也不用去外面买了。"王长取说。

为绿化荒山默默奉献了整整31个年头，2010年，考虑到"八老"年老多病，政府请了新的护林员，8位老人离开了林场回家颐养天年。政府给了每人2000元补助，老人们都说"够多了"。

记者在花木山林场采访时，8位满脸皱纹、两鬓霜华的老人反复强调，"你要写清楚，那10多万亩林子不只是我们8个老倌种的，是我们带着大家一起种的"。

名利都看淡了，老人们说，"只是舍不得那些树"。退下来这两年，他们仍会不时地约着一起回林场去走一走，看一看。"人回来了，心还在山上。"王小苗说。

由于"八老"目前的生活条件都不算宽裕，陆良县委宣传部文明办决定，组织县里 12 家省级文明单位对"八老"进行"一对一"结对帮扶。陆良县人民医院也将为他们开通免费就医的绿色通道，并免去 8 位老人在该院就医的所有费用。

（2012 年 3 月 26 日发表于《人民日报》第 1 版）

昆明东川区 6.5 万人受地质灾害威胁严重
他们何时才能搬家

6.5 万人提心吊胆
1859 平方公里有近 400 处地质灾害隐患点

能否赶在今年雨季到来前搬进城区居住，是张琼最大的心结。她眼下生活的昆明市东川区汤丹镇姑庄村委会牛棚子村民小组，被两条泥石流沟渠横穿，还有大面积山体滑坡的威胁。"雨下大了，害怕得很，睡在屋里就心慌。"

地处小江深大断裂带的东川，地震频发，加之有 2000 多年的采铜史，境内形成大量采空区、塌陷区、地质灾害隐患区（当地简称"三区"），6.5 万名群众提心吊胆地居住在这里。

3 月是云南的旱季，沟底干涸的乱石滩成了孩子们嬉戏玩乐的场所。可一到雨季，滚滚泥石流就会沿着被牛棚子村民称为干沟箐和大河边的两条泥石流沟渠倾泻而下。张琼和其他 150 余名村民要随时做好"躲到高处去"的准备。村民们说，冒雨躲泥石流，甚至通宵不眠的情况，已持续多年。

167

村民小组长徐元坤带记者沿干沟箐往南走出六七百米远，一座水泥拦坝高耸眼前。小心地攀上去，徐元坤说，拦坝是在后面山上开矿的企业出资修建的，短短四五年时间，10 余米深的山谷就被泥石流填平。2012 年六七月间，泥石流漫过拦坝，袭击村子，幸未造成人员伤亡。至今，仍能在村边干沟箐内看到大量泥石流淤积。

而大河边以北的山脚处，住着 14 户村民。65 岁的皮忠存老人说："雨水天，山上的石头就会下来。"当地村民还说，山顶上已有几十米长、约半米宽的裂缝，一旦遇到地震或单点暴雨，就可能发生大面积山体滑坡，将大半个村庄掩埋。

"在汤丹镇，牛棚子村还不算最危险的。"汤丹镇文广中心主任吴天勇有些无奈地对记者说。据东川区排查，在东川区约 1859 平方公里的国土面积上，2011 年重点地质灾害隐患点多达 398 处。其中，泥石流隐患点 111 处、滑坡隐患点 248 处、崩塌隐患点 21 处、塌陷隐患点 18 处。东川境内的采空区、塌陷区、地质灾害隐患区，涉及 127 个村委会 363 个村民小组 1.625 万户 6.5 万人。其中，根据昆明市地质灾害风险划分，2012 年度在全区重点地质灾害隐患点上居住、急需紧急搬迁的群众有 7197 户 29755 人。

1 月，昭通市镇雄县发生特大山体滑坡灾害后，东川区委、区政府在给昆明市委、市政府的请示报告中说，由于长期以来人类活动频繁，生态遭到严重破坏，许多地方在毫无征兆的情况下，也可能突然发生下陷、崩塌、泥石流和滑坡等自然灾害，严重威胁群众的生产生活，继续实施、加速推进东川区"三区"移民搬迁工程刻不容缓。

70% 面积水土流失
山体随时可能滑坡，缺少土壤层难以造林

直径 10 余米、深 10 余米，一个巨大的塌陷坑就在汤丹镇元宝村委会

深沟村民小组一户人家的房屋外不足百米远的地方。周边，大大小小的塌陷坑还有好几处。吴天勇说，这是采矿挖空了山体造成的。

说起采矿，东川人很自豪：有据可考的采铜史长达 2000 多年，直至明清时期，东川仍是国家铸币的原材料供应基地；新中国成立后，东川铜矿建设被列为国家"一五"期间 156 个重点项目之一；1958 年 10 月，因矿设立地级东川市，素有"天南铜都"之誉，累计探明铜金属基础储量达 162 万吨……

然而，数千年的铜矿开采也把东川地表之下凿得千疮百孔，仅汤丹镇受采空区、塌陷区影响的面积就有 50 多平方公里。20 世纪 50 年代以后，伐薪炼铜、过度垦殖，又给东川的森林资源带来毁灭性破坏。2012 年底，东川区森林覆盖率仅 20.77%。而据东川区林业局提供的资料称，300 年前，东川的森林覆盖率曾经达到 70%。

冬季的东川，山上满眼是枯黄的野草和裸露的青石。即使到了春天，也很少能见到成片的林子。"年年造林难见林——因为山体随时可能滑坡，坚硬的青石上又没有土壤层。"站在铜都街道紫牛村的大山上，分管营造林生产工作的东川区林业局防火办主任张志斌愁眉紧锁，"1989 年，东川实施长江防护林工程时，只能种剑麻一类的草本植物，先慢慢涵养些水土，才能种树"。

植被的大面积破坏，加剧了水土流失。据统计，东川水土流失面积约 1300 平方公里，占到全区国土面积的 70%，是典型的泥石流极端危险区。作为金沙江支流的小江，流域内纵横分布着 107 条泥石流沟渠。经长期观测分析计算，小江流域河床平均每年抬高 20 厘米，每年产生泥沙 4200 万吨，流入金沙江的泥沙有 1000 多万吨。

云南大学环境科学与生态修复研究所所长段昌群教授认为，东川地处小江断裂带上，地震活动相对频繁，地表地质破碎度高，又属于滇中少雨地带，是先天性的生态脆弱区。加之长年采矿，使东川的生态严重退化，恢复成本极高。对隐患突出又难以治理的地区，必须尽快实施生态移民。

两期已搬迁 2896 人

转为社区居民，每人每月补助 350 元

暖暖的阳光透过玻璃窗洒进客厅，在城区鑫龙源小区居住的杨仲祥告诉记者，"搬来城里以后，才睡得安稳了"。

杨仲祥原来住在汤丹镇新塘村委会菜园子村民小组。他回忆说，以前住的土坯房墙体开裂，能放进去一个拳头，路上也裂出口子，他家耕地旁边的地表从 1996 年就开始出现塌陷。

2009 年 4 月 28 日，东川决定用 5 至 10 年时间，把东川矿区存在安全隐患的居民、不具备生产生活条件和不利于生态环境建设的村庄、散户全部搬迁完毕。

"2010 年底，东川以在城市住宅小区集中采购商品房进行分配的方式，按人均 25 平方米的标准，完成了 583 户 1734 人的一期移民搬迁，总投资 1.1 亿余元，由市、区财政按 8∶2 的比例分担。"东川区移民开发和劳务输出局局长张震鸿说，移民们告别了危险的生存环境，原有的土地、宅基地收归集体，用于生态修复。

张震鸿说，为让进了城又没了可耕种土地的移民们搬得来、留得住、能发展，东川区将搬迁移民的户口全部转为社区居民，政府给予最低生活补助每人每月 350 元，符合条件的全部纳入低保。同时，着力增强移民的"造血功能"。许多"三区"移民通过技能培训，在城里找到了工作。一期移民张华在鑫龙源小区当保安，每月工资 1300 元。"两个孩子也在城里上学，比起在农村时，放心多了。"张华说。

昆明市发改委调研员、东川转型和发展领导小组办公室负责人陈宗远告诉记者，在东川产业转型过程中，凡有适合东川的非矿产资源性行业，市发改委都积极支持落户东川，比如葡萄酒厂等就布局到了东川，为解决移民就业增加了渠道。而二期移民搬迁项目实施方案也已获昆明市政府批复。

3月21日，二期移民搬迁安置房建设举行了开工仪式，通过在城区周边建设房屋的形式，安置383户1162人。陈宗远说，在房屋分配标准方面，二期移民将调整为人均住房20平方米、商铺5平方米，使移民们在家门口就能做生意。

整体搬迁缺政策支持

当地财政囊中羞涩，上级配套资金缺项目支撑

"群众要求搬迁的意愿非常强烈。"张震鸿说，按计划，二期移民搬迁项目原本应在2010年启动实施，因为资金问题，停滞了两年多。即便接下来的搬迁进展顺利，也还需要8年才能把近3万急需搬迁对象搬迁完毕，而所有6.5万移民要到2030年末才能全部搬完。

东川移民搬迁难在哪？张震鸿认为，关键在于缺乏政策依据和资金保障。我国目前的移民搬迁政策大多针对水利水电工程建设移民和煤炭采空区移民，东川"三区"移民搬迁没有现行政策依据，难以找到参照项目支撑。没有项目，就意味着没有资金。目前，东川仅能从资源枯竭城市转型中央财政转移支付资金中安排十分有限的配套资金，再没有中央和省级的其他资金支持。

云南省发改委产业协调处处长刘艳清证实，虽然省发改委多次争取，但由于东川"三区"移民难以被纳入相关项目，要获得中央和省级的配套资金支持很困难。

2012年，东川区公共财政预算收入仅6.79亿元。而根据概算，6.5万移民搬迁共需资金超过98亿元，数额之巨大远非昆明市和东川区所能承担。"光二期移民搬迁就需要1.63亿元，市、区分担比例也调整为4.3∶5.7，这对东川而言不是个小数目。"张震鸿说。

东川区常务副区长高宇明坦言，受区位偏远、交通基础设施薄弱、发展空间受限、生态脆弱等因素制约，东川在产业转型发展方面并不成功，可以吸纳大量就业的第三产业发展更是滞后。2003 年，东川城镇登记失业率高达 40.2%。虽然到 2012 年底，这一数字已降至 10.94%，但仍在高位。

"2004 年，云南省建立'东川再就业特区'，实施了一系列优惠政策，但今年底就将到期。"东川区劳动就业服务局局长刘杰担心，"假如许多企业因此撤出东川，失业率再度升高，移民搬迁之后的就业也会成为大问题。"

昆明市曾提出，东川要与相邻的昆明倘甸产业园区和轿子山旅游开发度假区管委会联动制订移民搬迁异地安置计划。然而，目前"两区"产业集群尚未聚集、相关生产生活配套服务设施还不完善，与"两区"管委会联动建立移民搬迁安置区的工作同样存在较大困难。

（2013 年 3 月 27 日发表于《人民日报》第 14 版）

保护和开发的主导权交给村民

诺邓　探索居民原村经营

2012 年 12 月，国家公布首批 646 个传统村落名单。2013 年 8 月 30 日，第二批 915 个传统村落名单公布。

这 1000 多个传统村落或许都面临同样的问题：如何在现代社会中自存？

在云南大理白族自治州云龙县大山深处的诺邓村，自汉朝起就是产盐之地，也曾因此一度成为滇西地区的商业中心之一。然而，随着盐业经济的萧条，完好集中地保存着包括民居、庙宇、盐井、衙门、驿路等明清人文建筑群的诺邓开始了沉寂。

随着旅游开发逐步展开，面对多起来的游客，守着老祖宗留下的"宝贝"，"穷怕了"的诺邓人突然纠结了——这一次，他们该怎么办？

173

古村意外走红

在诺邓村口的小河边，老黄的农家乐已经开了好几年。去年，纪录片《舌尖上的中国》热播，第一集就有老黄的镜头："云南人老黄和他的儿子树江，正在小溪边搭建一个土灶，这个土灶每年冬天的工作就是熬盐……生产食盐为的是制作诺邓当地独特的美味……"老黄把视频截图印到了店门口的广告上。他觉得机会来了。他和儿子黄树江四处借钱，砸下几百万元，还请来工人，在一个月时间里腌制了4000多条火腿。老黄说，他们家祖祖辈辈都做火腿，可从来没这么"海量"，他们决定"赌一把"。

"客人一下多了起来，有的一桌就要点七八盘。"黄树江告诉记者，家里只有1000多条腌够两年、可以上桌的火腿，怕不够卖了，只好每桌限量供应两盘，并且绝不外卖，哪怕只是切走一小块。

这次有些意外的"触电走红"，会不会把诺邓的名声传扬出去呢？为诺邓村的保护和旅游宣传，土生土长的杨希元已经忙活了14个年头。他是云龙县旅游产业发展领导组办公室的主任。在他看来，搞开发、做生意，不是诺邓人的强项。老黄也说，许多诺邓人商品意识淡薄，卖东西还会害羞，"如果到路边卖桃子，没人来买，卖桃子的人就会躲到一旁抽烟去"。

"诺邓人穷怕了。村里没有平地，只能上山种玉米。"杨希元说，盐业经济萧条之后的诺邓在1990年有过一次"东山再起"的机会。有单位来打了17个探井，县里还成立了盐业开发办公室，穷乡亲们的腰包眼看就要鼓起来了。"那会儿没考虑过古建筑的保护，甚至还有过破坏古村的想法。"可是，开采工作最终搁浅，诺邓村在大山里又沉寂了20余年。

可是，面对陆续增多的游客和可能稍纵即逝的发展机会，曾经主要种玉米的诺邓人尝试改变。"目前，村内18家旅游接待户总共可以提供156个床位。"杨希元说，"其中13家都是在最近这一年开办起来的。"

村庄日渐消失

据当地史料记载，诺邓村自汉朝起就是产盐之地。明朝设置"五井盐课提举司"，治所即在诺邓。那时，诺邓是滇西地区的商业中心之一，商贾云集，山谷周边山坡上构建起层层叠叠、风格各异的民居。如今，百年以上的众多明清古民居，与千古盐井、提举衙门、盐马古道、棂星门坊等古迹，200余株百年古木，以及洞经花灯、传统节会等非物质文化遗产，共同构成了相对完好的古村风貌。如何进行有效保护，却成了非常艰巨和复杂的任务。

诺邓村现存最古老的建筑是万寿宫，据记载为元代建筑。78岁的李文茂老人在这座古建筑里已经住了40多年。堂屋的墙上，嵌有明代诗碑。老人说，诗碑原来的位置已经被改建成了厨房。而康熙年间所建的龙王庙，院墙已经残缺不全。"风格、样式、体量都不对。"杨希元指着龙王庙对面正在复建的戏台，有些无奈地说。拆旧建新，正是杨希元最忧心的。"2000年，村里还有130多个明清民居院落，如今只剩下106个了，13年间消失了20多个。"坐在老黄家的院子里，触目所及已与大山外的农家乐差别甚微。"老房子太黑太旧，怕客人不舒服，看着也不安全，2006年拆掉了。"老黄说。

大青树旁，一家开在老院子里的客栈挂起了红灯笼，铺上了蓝底白花的桌布，摆好了鲜花盆景，颇有些大理、丽江的情调。Wi-Fi已经覆盖，大山外面的游客还可以通过网络预订房间。

有着2000多年产盐史、曾经马帮云集的村庄，如今已很难再看到马。"不让养马了，一是不干净，二来村里路窄，怕游客来了碰着危险。"老黄这样解释。

行走古村，不时能见到开裂的土坯墙，有的已经倾斜，摇摇欲坠。还有些土坯墙，却是格外干净整洁，斑驳的墙面不见了。"重新刷过，原来的历史信息都看不到了。"杨希元觉得这样的修补很外行，缺乏修旧如旧的理念、技术和工艺，反而弄巧成拙了。

更扎眼的是，村里已经零星冒出几幢与古村传统风貌极不协调的现代水泥房。村委会副主任杨庆明说，有的人家出去打工，赚了钱回来就想改善居住条件，可使用的都是新型建筑材料。

当地宣传、旅游、文化等部门的负责人都对记者说，为劝阻村民拆老房子，他们都登门入户做过工作，甚至还发生过激烈争吵，可新房子照样建了起来。

据云龙县相关部门提供的材料称，部分民间收藏已经流失，一些传统文化形态也正在消失。

探索原村经营

"现在，必须死守保护防线。"杨希元说得很坚决，可做起来并不容易。2000年，县里就成立了旅游开发办公室，最初4年只有杨希元1个工作人员。今年5月，诺邓保护与综合管理工作组成立，从文化、旅游、住建等部门抽调了6个人，却还是没有专职负责的管理人员。

"主体不明确——历史文化名村是住建部门管，村内的文物又是文化部门管。"杨希元呼吁尽快成立保护管理局，理顺关系。

可是，旅游开发已经开始，开发与保护的矛盾已经显现。古村诺邓等不起了。

云龙县委宣传部部长王会琴说，县里准备对诺邓村进行立法保护。至于开发，招商引资并不是唯一出路。完全交由外面的公司来经营，会加速古村的商业化，导致村民被边缘、参与度不高。所以，诺邓村正在探索一条新路：政府指导，将保护和开发的主导权都交给村民。

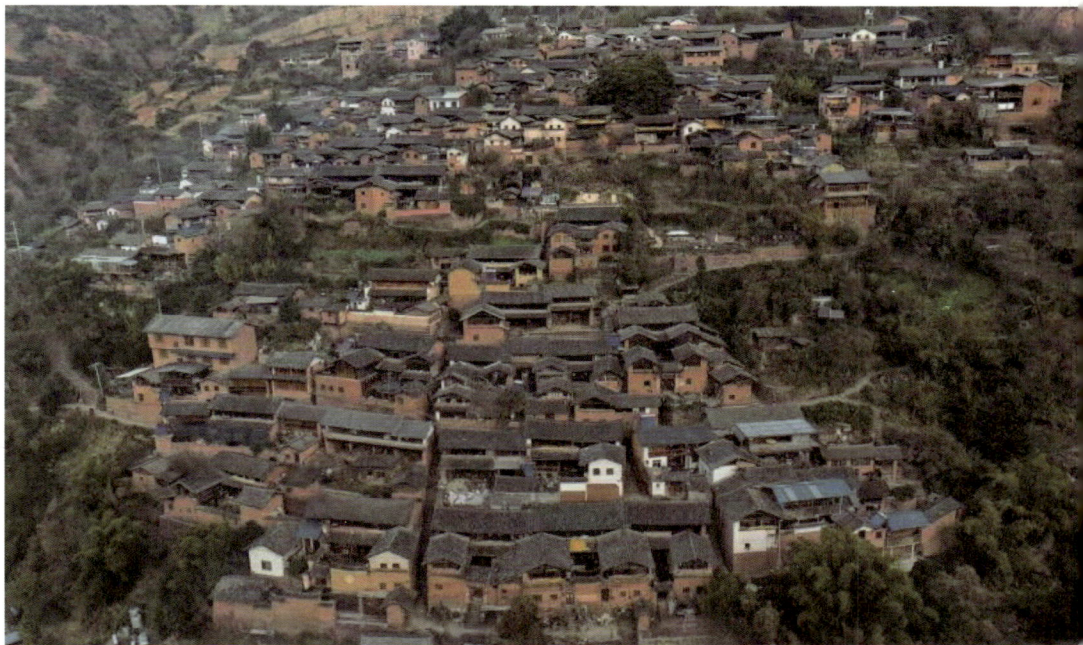

诺邓村。（云龙县委宣传部供图）

村民黄文光家的院子里开着一间小博物馆，"有380多件文物，"黄文光指着一页皱巴巴的纸解说道，"这是我们家五代祖手书分家单的原件，从明万历十九年传下来……"还真有几分专业讲解的意思。这样的家庭博物馆，诺邓村已有两家。村民们收取参观费，自然对文物和古建筑视若珍宝。

村里还有一个遗产保护与旅游开发协会，今年5月换届时，采用"海选"的办法，由本村有选举权的村民直接提名推荐理事长候选人，再根据得票多少，最终选出理事长以及15人组成的理事会。村民们自己来决策古村的保护和开发，积极性被调动起来。

杨家全即是理事会成员之一，她家的客栈仅有8个房间，节假日常常住满，可她不打算新增标间了。"房间里添加卫生间，需要对老房子进行改造，破坏太大了。"

　　"村民的保护意识在提高，有的拆过老房子的村民已经感到后悔了。"王会琴说，"今后，政府可以找一片地，解决好水、电、路，集中建新村，帮助村民们改善居住条件，古村里还是鼓励原住居民原村经营。但是强调以村民为主，并不是不让企业参与，我们希望将来，村里的协会能发展壮大成经济实体。"

　　　　　　　　　　　（2013 年 9 月 6 日发表于《人民日报》第 16 版）

杨文明（右）在中老铁路元江特大桥采访

杨文明

/ **作者简介** /

　　杨文明，人民日报社云南分社记者。学法律，却做了记者。2013年到云南分社，至2019年初跑遍了云南全部129个县。最近两年每年跑遍16个州市，每年在人民日报发稿超过120篇。

　　鲁甸地震、景谷地震当晚到震中，缅北冲突、湄公河巡航在现场，夜宿哀牢山核心区，"冰花"男孩首发报道朋友圈刷屏，野象北上引导舆论，关于高德荣的内参被习近平总书记公开引用，一篇内参推动了国家层面文件的出台。

有志就是这么"任性"

——一名 80 后记者眼中的老县长

　　独龙江之变，离不开有几分"任性"的高德荣：他"不走寻常路"，从繁华都市主动回到深山僻壤，回到高黎贡山、独龙江畔；他对身边人苛刻、自己生活简单……记者一年内有幸两次和他"零距离"接触，感受"钉"在偏远独龙江的"厅官"高德荣。

对理想信念"执拗"——
思想境界高起来，职务要求就低下去

　　曾经的独龙江，是一个离开了会想、再进去会怕的地方。不说漫长的车程，单是从贡山县城到独龙江乡"麻花形"的山间毛路，就让记者有想"跪"的冲动。

　　时隔一年再入独龙江，嘈杂的施工现场已不见踪影，取而代之的是干净的街道、整齐的特色民居。

来不及欣赏独龙江变化，记者就急切地跑到老县长家。独龙毯、热火塘、正播放新闻的电视机，一如一年前。只是桌上的药，多了。

高德荣的老伴马阿姨告诉记者，得知记者明天要采访，高德荣看采访路线去了。高德荣的司机肖建生插话："组织上有'令'，要求他配合记者采访。"

高德荣不愿接受采访，却愿服从组织安排，这倒符合老县长的一贯作风。今年上半年，高德荣到龄退休时便说："职务可以退，党员义务不能退，我还要和独龙群众一起干，干出活路来。"

跟贫困"死磕"，高德荣已经坚守近40年。退休前，高德荣曾任怒江州人大常委会副主任、独龙江扶贫开发领导小组副组长，级别副厅。组织上给他在州府安排住房，他不要；按照规定发放的补贴，他也不要。他说："官当得再大，如果自己的同胞还穷得衣服都穿不起，别人照样会笑话你。与其花时间打扮自己，不如花时间建设好自己的家乡。"

曾有人开玩笑，说高德荣是独龙族的头人，他却不假思索地回答："共产党才是独龙族的头人，没有共产党就没有我们独龙族今天的一切。"

有人纳闷，高德荣缘何回到独龙江？在记者看来，如果他走过独龙江的惊魂"毛路"，看过还没拆除的旧茅草房，再去看下今天的独龙江，一定不会有这样的困惑。

从赤贫中走来，高德荣有了坚定信仰，也让自己更有力量。

对工作要求"严苛"——
干事上于公考虑更多，生活上于私要求就更少

一年不见，高德荣装束未变：藏青色西服，贴身白衬衣，只是青色已泛白，白色更暗淡；人瘦了不少，可别着的国徽依然耀眼。

高德荣性格直爽。碰上没有调研就发言的领导同事，他直接打断；遇到

没做足功课就采访的记者，他立马就赶。虽然直爽，可高德荣向来有一说一。当县长期间，有位即将提拔的干部被他公开狠批，第二天县委组织部部长找到高德荣征求任免意见，他一听就急了，反问"怎么就不能提拔？"。

对有些人，高德荣还会格外关爱。今年 4 月独龙江隧道打通，高德荣天未亮就带着独龙族群众采来野杜鹃花送给修路官兵。每年春节，老县长都会把留守独龙江的干部职工请到他的培训基地，热热闹闹吃顿团圆饭。

因为严苛的要求，对身边人，高德荣要么"不闻不问"，要么"铁面无私"。儿子考公务员连考三年他不管，女儿婚礼中途他两次离开处理公务，姐弟两人买房高德荣没给过一分钱。

高德荣对孩子"不管"，让他们清白、独立做人，不养"官二代"，难道不是另一种爱？

对发展标准"任性"——
对生态影响小了，可持续发展的效益才会大起来

"加快、加快！"高德荣每到一处工地，总爱说这句话。为了独龙江，高德荣争分夺秒。

每年独龙江封山和开山之前，高德荣都要驻守雪山，少则一周，多则两月，与交通部门同志一铲一锄刨雪，只为让独龙江开山期更长，为独龙江施工多争取点时间。

但对发展，高德荣却很有耐心。有企业找到高德荣，希望建梯田、遮阳棚，标准化种植重楼，谁知却被高德荣婉言谢绝。"他怕破坏了独龙江的原始森林。"肖建生解释。

高德荣有一次去普卡旺村查看施工进度，发现施工队砍了两棵大树，原本笑眯眯的脸一下子就怒了。施工队长连忙解释，不砍树就会增加很多工程量。他不容分说，要施工队长立即去乡林业站接受处理。他说："我不是

要收拾你，是要你记住这个教训！"

高德荣说："一大堆计划不如为群众办一件实事。"他干的实事可不止一件：建电站、修公路，让现代文明进入独龙江；种草果重楼，招养蜜蜂，把贫困逐渐赶出独龙江；保护生态、发展教育，为独龙江长远发展打下基础……

记者问肖建生，跟着老县长长期高强度工作累不累？肖建生回答："不累是假的，可每当感到疲惫不堪的时候，总会想起老县长反复说过的一句话：'有人辛苦才有人幸福。'"

（2014 年 12 月 24 日发表于《人民日报》第 4 版）

云南"冰花"男孩火了，真相却让人心疼

　　1月9日，云南昭通一名头顶风霜上学的孩子照片在网上引起广泛关注，照片中的孩子站在教室中，头发和眉毛已经被风霜粘成雪白，脸蛋通红，穿着并不厚实的衣服，身后的同学看着他的"冰花"造型大笑。经记者核实，"冰花"男孩系鲁甸县新街镇转山包小学三年级的学生，因当天气温较低，家离学校太远，走路来上学沾染冰霜导致。

　　据了解，照片中的小孩是鲁甸县新街镇转山包小学三年级的学生，照片是班级老师在1月8日8:50左右拍的，拍完发给校长付恒流传到了网上，引起了众多网友的关注。

　　付校长表示，出于保护孩子的考虑不透露孩子姓名，照片孩子家离学校4.5公里，平时都走路一个多小时来上学。

　　"当天早上气温是零下9摄氏度，是期末考试的第一天，气温是在半个小时内降下来的，他家离得远因此到教室后头发都沾满了风霜。小孩子比较可爱，到班级后做了个怪怪的鬼脸，引起了班级同学的大笑。"付校长说。

　　据了解，照片男孩所在班级有17个人，当天上午期末考试考的是语文，

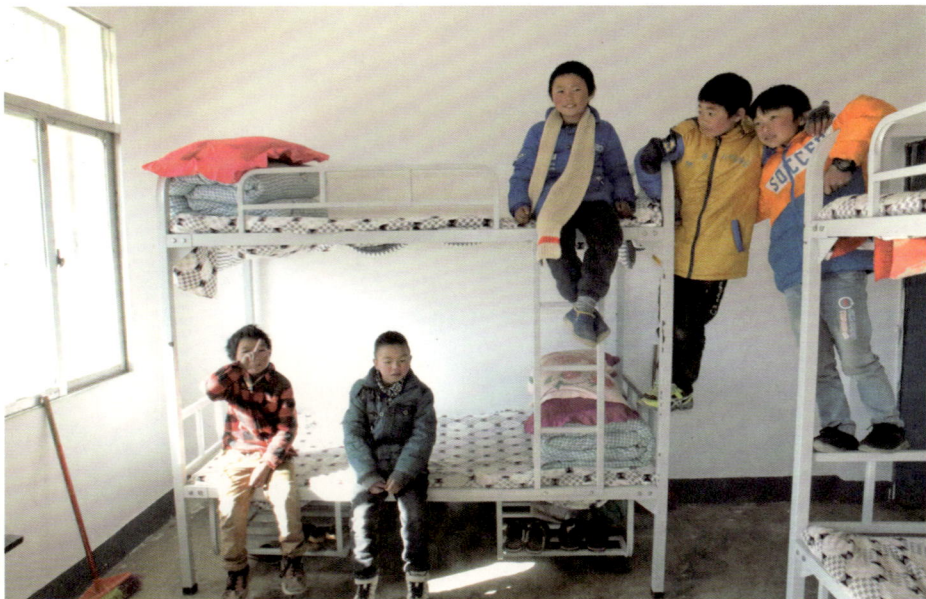

学校新修了宿舍，路远的学生可以住校，王福满（中）也选择住校。（徐前 摄）

照片男孩的语文成绩一般，数学比较好，在班级成绩是中等水平。

付校长告诉记者，学校曾经走访过照片男孩的家庭，父母都在外地务工，家里有兄弟姐妹几人，都是留守儿童。"学生一般不在家吃早餐，学校会负担孩子的早餐，一般是一个面包或者饼干。"

目前，鲁甸县新街镇转山包小学班级教室内尚无取暖设备，付校长告诉记者，学校一直在争取。网友表示好心疼，纷纷留言鼓励这位"冰花"男孩，@Hedgehog-茜说："孩子，你吃的苦将会照亮你未来的路。"@qwedfgvbn123098 表示，努力读书改变命运。

（2018 年 1 月 9 日发布于人民日报客户端）

为何离家？为何劝返？如何回家？三问北迁亚洲象

近段时间，十几头北迁亚洲象造访云南省玉溪市、红河州，受到公众广泛关注。与网上的娱乐调侃不同，在这群野象离开传统栖息地之初，周边长期关注野象的记者和一线工作者就表现出深深的忧虑——根据以往的经验，野象新进入某一区域往往更容易肇事，出现人员伤亡的概率增加。

这群北迁亚洲象为何离开最初自然保护区的"家"？专家为何建议阻止其继续北上、引导其返回原栖息地？让它们回归难在哪、未来如何让它们有更好的家？

为何离家？

5月29日21时，原生活栖息在西双版纳国家级自然保护区的野象群已经抵达玉溪市红塔区境内。专家分析，从该象群所处位置和近期活动特点看，有继续向北偏东迁徙的趋势。

这只是近年来越来越多野象走出保护区的缩影。调查显示，大部分野生亚洲象已经走出保护区，让长期开展野象预警监测的郑璇担忧的是："不少野象更喜欢在保护区外游荡，而非生活在保护区。"

不过，这并不能得出野象老家自然保护区受到破坏的结论。相反，野象之所以走出自然保护区，恰恰是因为自然保护区严格的保护。来自云南省林草局的统计显示，由于保护力度不断加大，森林郁闭度大幅度提高，西双版纳国家级自然保护区森林覆盖率由 1983 年的 88.90% 增至 2016 年的 97.02%，导致亚洲象主要食物野芭蕉、粽叶芦等林下植物逐步演替为不可食用的木本植物。亚洲象的可食植物日益减少，逼迫象群逐步活动到保护区外取食。

而在保护区外，曾经的大量轮歇地被开垦种植成橡胶、茶叶、咖啡等经济作物，又"驱使"走出保护区的象群不得不频繁进入更远的农田地和村寨取食；吃惯了成片粮食等作物的野象，食性发生一定变化。有一线工作人员调侃："吃惯了米，谁还愿意吃糠？"

如果说以前野象多少对人还有些敬畏，近年来部分野象肇事并未受到"惩罚"，记性不错的野象已不再像以前那样对人类敬而远之。不少亚洲象常年活动于村寨、农田周围，并根据不同农作物、经济作物成熟时节，往返于森林和农田之间，在食物匮乏时节，还会冲击村寨取食农户存储的食盐、玉米、谷子等食物，出现"伴人"活动觅食现象。特别需要警惕的是，有业内人士分析：亚洲象有明显"北移"趋势。

为何劝返？

云南省林草局提出，未来将采取多种措施防止象群北迁，引导其逐步返回普洱或西双版纳原栖息地，切实保障人民群众生命安全，同时有效保护亚洲象群。

为何防止象群北迁？最主要的考虑就是保障人民群众生命安全和保护

◆ 亚洲象在昆明晋宁双河乡。（云南省森林消防总队供图）

亚洲象。

据统计，2013—2019 年，亚洲象造成 41 人死亡、32 人受伤，每年伤亡超过 10 人；造成直接财产损失约 2.1 亿元，每年超过 3000 万元。"人象混居，增加了人象遭遇的机会，对野象活动区域内群众的生命安全构成了严峻的挑战。"郑璇说。

如果说，野象肇事造成的农户经济损失可以通过野生动物肇事公众责任保险一定程度上来弥补，人象混居导致的野象伤人却难有两全之策。一旦野象进入人员密集的滇中地区，发生人象冲突的可能将大大增加。而根据法律规定，在紧急避险情况下，为了保护人员生命安全，可以对野象进行控制甚至捕获。此前，经国家林草局批准，就曾有频繁进入村镇甚至故意伤人的独象被麻醉捕获后送入西双版纳亚洲象救护与繁育中心。

实际上，即便不考虑人象冲突，相对于昆明、玉溪，普洱、西双版纳到了冬季，气温、食物源等方面也更适合野象栖息，未来建设亚洲象栖息地的条件也更好。2001年，云南省就开始探索开展亚洲象栖息地改造，实施亚洲象栖息地修复面积达600公顷，补充食物源，以期达到限定亚洲象活动范围，减少人象空间和时间上重叠的目的。

值得庆幸的是，此次北迁亚洲象群尚未造成人员伤亡事件。这跟近年来云南省持续推进野生亚洲象监测预警直接相关。为了减少人象"遭遇"，不管是在西双版纳、普洱还是此次北迁象群，监测人员用无人机、红外相机等追踪象群最新动向、提前预警，有效减少了野象伤人事件的发生。

如何回家？

鲜为人知的是，要想让这群亚洲象回到原栖息地并不容易。一方面，这群亚洲象距离栖息地已有几百公里之遥，专家分析头象可能已迷路；另一方面，人为干预极难。

先说智取。亚洲象需要进食作物及矿物质。理论上说，可以在其回到原栖息地的路上进行投喂，然而，野象会不会回到原路找食物、吃完后会不会南迁，都是未知数；一段路尚且如此，更何况几百公里。这种方式可以尝试，但没有十足的把握。

再说强攻。有人提出，可以麻醉后猎捕，将它们送回老家。然而，这样的方式实际操作起来很难。野象猛如虎，麻醉猎捕极易激怒野象，从而攻击周边人群，严重威胁监测人员安全。更难的是，野象由于体重过于庞大，一旦麻醉时间过长，很容易造成野象死亡；即便成功对15只野象同时进行麻醉猎捕，也很容易造成野象的伤亡。

多位业内人士表示，这群野象已经误入歧途，唯愿它们能够迷途知返。而在此之前，我们显然需要给这群野象，以及一线监测处置人员更多耐心；野象活动区域的群众，也要加倍小心，及时关注预警信息，主动避让。

　　而从长远来看，云南大学生态与环境学院教授陈明勇认为，减少人象冲突的关键还是尽可能减少人象混居，特别是避免野生亚洲象无序扩散。"未来要多从满足亚洲象需求角度开展保护工作。"陈明勇建议，可以在野生亚洲象传统活动区域开展野生亚洲象栖息地建设，通过人工干预为野生亚洲象提供更丰富的植物，从而减少野生亚洲象的无序流动；长期看则可以加快推进《自然保护区条例》修订，破除在保护区内实施林木疏伐、计划烧除等修复改造措施的法律障碍；积极推进亚洲象国家公园建设，通过适度开展生态体验等项目带动周边社区居民持续增收，实现人象和谐。

（2021 年 5 月 30 日发布于人民日报客户端）

李茂颖（左）在云南楚雄采访赛装节

李茂颖

作者简介

　　李茂颖，籍贯四川乐山。2014 年毕业于北京大学哲学系，2015 年到人民日报社云南分社工作。从一开始"高高的山、弯弯的路"出一趟差要花十几个小时在路上，到现在高铁、航空、高速公路四通八达，在云南的几年里，几乎见证了云南发展最为迅速的年代。

　　关注乡村、关注教育……走好脚下的路，用好手中的笔，从象牙塔到田间地头，成为一个真正的新闻人，云南是起点。

村里有一批"博士后"

马铃薯地里，一大群村民跟在一个人身后，一边走一边讨论。他走到哪儿，村民们就跟到哪儿。

他是谁？

"他可是上面派来的博士！别看我们才小学文化，天天跟在他后面，不都是'博士后'啦！"

博士叫毛如志，是中国工程院派到云南省澜沧拉祜族自治县竹塘乡挂职的副乡长。2015年，中国工程院与澜沧县结对帮扶，朱有勇院士带来一支由100多名教授、博士组成的专业团队，云山村蒿枝坝村民小组被确定为科技扶贫示范点。两年前，对口这里的毛如志刚到村时，跟在后头的可没这么多人，更多是村民怀疑的眼光。

"这里并不是资源贫困，而是典型的素质贫困。越是这样，科技扶贫越能起大作用。"朱有勇院士和团队成员深入田间地头，快速开出"脱贫药方"——种冬季马铃薯。

开始并不顺。虽然种植条件非常好，但甭说冬季马铃薯，就连普通土豆，

澜沧蒿枝坝村民喜获丰收。（澜沧县委宣传部供图）

当地人都没种过。那能行？村民们都嘀咕。

"有机会还是要试一试，毕竟这些人是大专家嘛！"说起当初，蒿枝坝村民小组长刘扎丕坦言，他表面信心十足，其实内心也没底。

去年11月，冬季马铃薯的种子落进了蒿枝坝的地里。今年春天，密密麻麻的马铃薯排队"破土"。一算账，村民们两眼放光：平均亩产3.3吨，最高亩产4.7吨，总产值达90万元。

丰产的消息几天就传遍了附近的村寨。如今，除了冬季马铃薯，蒿枝坝还先后建起冬早蔬菜、林下三七、早熟葡萄种植和禽畜养殖等科技示范基地。"我们还要开办多样化的短期培训班，让每一个基地成为农业技术的活教材。"毛如志说。

"眼见为实，群众就看实效。"朱有勇感慨，"扶贫先得扶智，村民们不是不想干，关键要扶到实处，教会他们怎么干！"

（2017年5月19日发表于《人民日报》第1版）

一块屏幕的光，能照亮多远的未来

　　这两天，不少人的朋友圈都被一篇题为《这块屏幕可能改变命运》的报道刷了屏。

　　根据该报道，成都七中开设网络直播班 16 年来，为 248 所中国贫困地区高中、7.2 万名学生提供远端同步学习服务，使得 88 人考上清北，不少人因之"改变命运"。在社交平台的"围攻"下，各路网友也纷纷给出观感，感动的、认同的、质疑的、反对的……

　　对于在云南追踪"教育"已久的岛妹来说，相对于平行直播运营本身，教育公平话题再成"网红"、广戳痛点，才更引人深思。与此前的"寒门难出贵子"一样，点击量激增所传递的，其实是社会对资源分配不公的焦虑与不安。

　　每个生命都有向上生长的本能，而向上的通道是否一经给出便如此顺利？对此作何判断，往往投射着关注者自身的情感与经验反应。

屏　幕

原文中提到的禄劝彝族苗族自治县，隶属云南省会昆明，是个国家级贫困县，农村常住居民年均可支配收入仅 5000 多元。从昆明出发，去到禄劝最远的村寨，单程耗时就要 5 小时，而在交通发达的城市空间中，5 个小时已足够往返临近城市，还能不紧不慢地约朋友吃上一顿饭。

岛妹到云南工作几年，最深刻的一个感受就是当地对教育的重视，越是贫穷的地方越不惜于下"教育血本"。

比如禄劝县的年财政收入为 6.1 亿元，但县里、市里都注资教育，使得全县教育支出反超财政总收入 3.5 亿元。而在与禄劝相似的一些贫困地区，踏入当地，人们能看到的最好的建筑，一般也都是学校校舍。

但与发达地区相比，纵然斥巨资在硬件设施上拼命追赶，在师资、教育资源等软件方面，鸿沟依然难以逾越。如此趋势下，很多贫困地区的一线教育工作者，对运用互联网技术来"彻底"提高教学质量，也就抱有强烈渴望。

这次一朝广为天下知的视频直播，在此番背景中便成"有魔力的屏幕"。从传统教学模式中进行突破，转化到网络教学，这样的创新，既是教育突围的机遇，也不免于以学生作试验对象的风险。

学生时代所经受的教育在某种程度上是不可回溯的。对于选择了平行直播这条路的学校、家长、学生来说，"转身"之压力不言自明——一旦尝试失败，可能也是另一种意义上的"改变命运"。

以禄劝为例，十多年尝试蹚出了一条新路子，一个 40 多万人的人口大县，达标一本的学生数量从过去的 20 多人增至 150 多人。这无疑为当地带来了希望，原文中形容为"光"并不为过。

但除了在直播教育中获益最深的"资优生"，也有媒体同行走访曝出了

"虽然努力，却依然跟不上直播""如果有机会再来一次，不确定自己是否还会选择网络班"的另一批探路者。

教育的逻辑与其机制之复杂，并非一块屏幕即能覆盖。

攀　爬

一条路子是否能够累积经验并广泛推广既需时间来验证，也离不开高校对贫困地区教育招生政策的倾斜、无数基层教育工作者的探索、学生自身不断奋发的坚持等更为根本层面的"助攻"。

《这块屏幕可能改变命运》中有一处泪点式表述："那种感觉就像，往井下打了光，丢下绳子，井里的人看到了天空，才会拼命向上爬。"有网友评论其"不失为一个很好的电影素材"。

作为个案的"特别与励志"往往引人情感共鸣，但这种"特别"在更大社会幅面的普遍应用依然路途遥远。"这是一套好的工具，却不是一套能够来之即用的工具"，禄劝一中的负责人这样形容。

尽管这些年在控辍保学、提升教育软、硬件方面，无论政府投入还是群众意识都有了较大改观，但很多偏远地区整体的教育环境依然难称"高地"。

与成都七中作对比的话，禄劝一中已经可说是贫困地区教育资源稀缺的典型代表。但要知道在整个云南，很多山区学校配备上电子设备，也不过才四五年时间，技术水平能进展至以平行直播来助益教育改善，则还要往后推算更多时间。很多县、区的民众平均受教育程度，仅仅才到小学。

硬件、软件、运维、教育资源……看上去只是很简单的几个短语，对当地来说却意味着大量资金投入；而对于很多财政本来就相当困难的地方政府，大力投入后的捉襟见肘也可想而知。

岛妹在某地采访时，当地的教育主管部门负责人就直言，在教育上，"什么都缺"——缺设备，电子设备的更新迭代过快，当地很难跟上；缺优质的教育资源，资源越是优质，成本越是昂贵；缺好老师，即使购买到了优质资源，能够有效利用教育资源进行辅助的老师也少之又少……

在很多贫困地区，配齐英语老师已经算是达标，美术、音乐等科目老师常常是兼任，甚至没有。农村孩子要从小学一路走到高中，本就需要闯过很多难关；尚有大量留守儿童，本身面临着家庭关爱的缺失，在学业上更难精进，于初中毕业后放弃求学之路，也成为他们中常见的选择。

落　地

如果说这次"一块屏幕"的"刷屏"还有其他功效，那就是作为镜像，既提供了一条可能的流动通路，也使得贫困地区教育资源匮乏现状、教育资源均衡化的必要性再度为世人所见。

在一些岛妹曾走访过的地区，有些父母知道自己吃了没文化的亏，想让孩子上学学习文化；但也有更为夸张的时刻——很多常年被现代社会隔绝的村民，对文化、对现代生活缺乏基本的概念，更难谈向往。

贫困，是谈论这些地区教育时绕不过的话题。"扶贫先扶志"和"扶贫先扶智"的提法亦不鲜见。"志"和"智"其实存在一些内在的逻辑关系，"志"代表着方向，而"智"更代表着知道方向在哪里。

一个一线教育工作者曾说，"你们肯定更情愿报道，小孩想读书但因家庭因素读不上，最后很励志地坚持下来的故事；而不是一个父母想让孩子读书，孩子哭着闹着、宁肯自杀也不去读的故事"。

比起更多的名头、指标，教育的不断投入应该提供给贫困地区的，是更多的可能性，生活有所改变的可能性。

毫无疑问，技术手段的革新在一定程度上带来了这种新的可能与希望。但也应该注意，信息化作为辅助手段还不足以完全补好缺口，考上大学也并不就意味着改变命运。在云南当地，因学致贫的贫困户并不是少数，很多学生大学毕业出来后，可能还面临着高额负债却难以顺利就业的艰难处境。

"直播屏幕"的故事提醒我们，实现教育通路，不能仅是看起来"很美"，还有更多"硬骨头"要啃。比如打破教育城乡分割格局，推进教师资源配置的均衡化；比如加大农村基础教育投入，让教育资源流向"洼地"；比如加大帮困力度，保障弱势群体学生的受教育权利……在云南，这些年除了网络教学模式的相关推广，改变当地教育环境的努力还体现在大量技术性专业学校的改善上，不断提升学生就业能力，为其注入现代生活的文化理念。

一块屏幕的光的确很难射穿厚厚的"贫困之幕"，但也正是这块小小的屏幕，让我们看到了贫困地区孩子们对命运的抗争。要让这块屏幕的光能更亮，照得更远，照亮更多孩子的未来，还需要政府、社会包括你我更多的关注和配套资源的投入。

虽然往井下打光，丢下绳子，未必所有的人都愿意爬上来，但终究有人会因为看到了天空，就会拼命往上爬。

因为，有了光，就有了希望。

（2018 年 12 月 15 日发布于侠客岛微信公众号）

苍洱之畔古生村

云南省大理白族自治州大理市湾桥镇古生村位于洱海边，是一个典型的白族传统村落，已有上千年历史，2014 年被列入中国传统村落名录。

2015 年 1 月 20 日上午，习近平总书记来到古生村，步行穿过村中街巷。总书记强调，新农村建设一定要走符合农村实际的路子，遵循乡村自身发展规律，充分体现农村特点，注意乡土味道，保留乡村风貌，留得住青山绿水，记得住乡愁。

"万古生春"。

进村时，村口的四字牌匾道尽了古生村的古老与生机。

村如其名，古生村的一切都蕴含着穿越时光的古朴味道。而田间劳作的村民、沿路的绿树红花又彰显着勃勃生机。

旭日东升，阳光洒在洱海上，浪花卷起千层雪。青瓦白墙的古朴民居、秀美的田园美景，连接着人们对山水的情感，留住了悠悠乡愁。

山水之间　田园风光

遥望苍山，眼前那发源于莲花峰和五台峰之间的阳溪，正奔流而下。

千百年来，四季不绝的河流浇灌着 1200 多亩农田，孕育着古老的村庄。田野纵横交错，民居错落分布，古生村便坐落在这里。

虽然濒临洱海，古生村却是一个以农耕为主的村子。大理的坝子历来盛产稻米，其中"湾桥米"最受人追捧，而古生村正是其中重要的产地之一。充足的日照和高海拔的昼夜温差环境，形成了这里独特的稻米风味，热销时常常"一米难求"。

夜宿在村民自己办的民宿中，早上刚刚醒来，一股稻米的清香便传了过来。老板何利成正在煮饭，问了才知，这些米都来自村口的那几百亩生态示范田。

几年前，当地大力发展绿色生态农业。"来试试，这个新'湾桥米'。"在老板的招呼下一品尝，配上当地村民自己种的蔬菜，果然鲜美回甜、口口留香。

天刚刚亮，村里的菜市场便开了门。何利成早早去赶了集，买回来几条鲜鱼。大理酸辣鱼是当地传统美食之一，酸能生津解暑，辣能祛湿开胃。

如今，随着洱海保护力度的加大，沿湖的鱼塘、耕地已经退塘退耕，建成湿地公园，鲜鱼等食材也是从其他地方运送过来。近些年新开通的生态廊道，更是成为人们观洱海盛景的宝地，如同珍珠一般，将白族村落与洱海紧密相连。

照壁文化　耕读传家

"三坊一照壁，四合五天井"，古生村保留着传统白族民居的样式，在

● 古生村一隅。（赵普凡 摄）

这里还可以看到"六合同春"这样颇为壮观的白族组合式民居。

"不同的制式显示着每一个家族的情况，四合院以上的重院都是大家庭的格局。"村民何显耀介绍。

村民李德昌的家就是典型的白族庭院，青瓦白墙的房子上雕梁画栋，正对着一面极具白族特色的大墨画照壁。2015 年 1 月 20 日，习近平总书记来到李德昌家，只见小院宽敞明亮，红花朵朵，绿意盎然，称赞道："这里环境整洁，又保持着古朴形态，这样的庭院比西式洋房好，记得住乡愁。"

大门、照壁、墙面、木雕……各种细节体现着白族人对于建房的重视。门楼、照壁、转角马头、檐廊……随处可见精美的彩绘。水墨淡彩与青瓦白墙相映成趣，如同一幅田园村落的画卷。

沿着村庄里的石板路走到一家人门前，白色的照壁上书写着四个大字："琴鹤家声"。

据传，"琴鹤家声"的家风来源于北宋赵抃为官清廉、与琴鹤相伴的典故。这四个字也寓意着对后人的勉励：要始终保持清廉简朴的作风。

每一幅题字，都讲述着正德修身的故事，传承着一种家风。还有一些人的家中则写着"人文蔚起""苍洱毓秀"这样的落款。"照壁题款正是这家人最值得自豪的地方，已经成为传统家庭教育的一部分。"何显耀说。

古色古香　诗意传承

"开戏啦！"孩童们奔走相告。村里的古戏台上，白族的大本曲开唱，古生村文艺队跳着自编的舞蹈。

这个古戏台，始建于清朝同治年间，距今已经有150多年的历史。戏台藻井上美轮美奂的彩绘和题书让人忍不住惊叹。

"这个戏台最能代表白族人民的传统理念和文化传承。"何显耀指着戏台的彩绘介绍，渔、樵、耕、读，松、竹、梅、兰，"这样的图案，显示着白族人民自古以人为本、耕读传家的文化传统。"

就在戏台的不远处，一棵大榕树长得非常茂盛，相传已经有300多年的树龄，更是村民最喜欢休息玩耍的中心之地。

在村里的刻石上，记载着这样一段话，摘自清末民初写就的《古生村福海寺水晶宫历史碑记》："村字古生，历年久矣，原其意，人多朴实聪明，无骄傲夸张之习，因而名之……"

古戏台、古树、古桥，古生村一派千年古村的风貌。近年来，古生村坚持修旧如旧，对村里的凤鸣桥、古戏台等文物古迹进行提升修缮，对有浓厚历史和民族文化底蕴的白族民居古院落进行挂牌保护。"我们要把古生村的古意传承下去，把古生村的生机展示出来。"古生村党支部书记何桥坤说。

（2022年3月26日发表于《人民日报》第7版）

叶传增（右）在元江县采访野生稻保护科研人员

叶
传
增

作者简介

　　叶传增，人民日报记者，现任职于人民日报社云南分社。1993年10月生于安徽省阜阳市，2019年毕业于重庆大学新闻学院新闻与传播专业，获文学硕士学位。2019年9月到云南工作。

　　下隧道、钻密林、涉江河……入滇3年，足迹遍布云南16个地州76个区县。漾濞6.4级地震、瑞丽7·04疫情，第一时间奔赴一线。高原行路难，但路越难走，情越真切。迈开双脚，走到近处，走进深处，在时代的景深中触摸个体的温度，在宏大的叙事里倾听个体的声音，以笔为媒，记录真实。

为动员老乡易地扶贫搬迁，他们背上被褥，进山驻村——

怒江有批背包工作队

进入云南省怒江傈僳族自治州福贡县子里甲乡俄科罗村的路非常难走。从山下到村委会，只有一条能容纳一辆车通过的水泥路。路边是深谷悬崖，汹涌的怒江水咆哮奔流。车不知绕了多少个弯，越往上开，越觉得路仿佛挂在天上。这时，司机师傅一脚刹车："再往上开不了了，步行吧。"

脚下的水泥路已被泥巴路取代，天空飘着雨，路面十分湿滑。"小心点，掉下去连抢救的机会都没有。"带路的俄科罗村拉谷片区易地扶贫搬迁工作队队长祝培荣说话像是打趣，但记者瞥了眼路边近乎 90 度的陡坡，又觉得此言非虚。

停车点到村委会不到 500 米的路，一行人走了近 20 分钟才抵达。几个皮肤黝黑的工作队员正准备出门。一打听，他们要去村民和坡益家做搬迁动员工作。

"政府在安置点提供免费住房，你家四口人可以分个三室一厅，家具齐全，拎包入住。"在火塘边落座，祝培荣掏出傈汉双语版的安置点户型图，

祝培荣（右）劝说和坡益（中）搬迁。（叶传增 摄）

给和坡益指出未来新家的位置。和坡益凑上来看了会儿，又坐回去，默不作声。

经过前两次沟通，祝培荣明白他心里的顾虑：搬迁后没处搞养殖，买米买菜要花钱，万一找不到工作，如何生活？

"放心吧，下去后政府提供公益性岗位，每个月收入1500元左右，保障基本生活没问题。安置点周边有扶贫车间，进去工作又多了一份收入。再说，县城里工作机会多，你也可以打工……"祝培荣耐心劝说。

火塘里的柴火烧得噼啪作响，和坡益慢慢抬起低着的头。这时，和坡益的小儿子跑了进来，祝培荣决定再加把"火"："安置点的学校条件好，两个娃娃上学不用翻山路，咱总得替孩子想想吧。"一番劝说，和坡益虽没当场签订搬迁协议，但终于答应先去县城安置点看看，再做决定。

"群众世代生活在山里，故土难离的感情根深蒂固，思想转变不是一朝一夕的事。"祝培荣说。

短时间不行，那就花更多的时间，倾注更深的感情。2月20日，祝培荣一行12人，背上被褥，上山驻村。这支12人的队伍里，6人来自怒江州各党政机关，其余由县乡村三级干部组成。队长祝培荣，是怒江州社科联副主席。因为背着背包，现在他们有一个共同的名字——背包工作队。队员们还有一个共同的特征：熟悉农村工作，懂民族语言。

平日里，他们早上赶在村民下地前，晚上等到村民回家后，耐心地上门讲政策，空余时间还跟村民一起劳作，一待就是50多天。入夜，队员们住在村里的党群活动室。一间10多平方米的房间，摆了4张铁床，地上打了两个地铺。一层泡沫垫，一层稻草，一层铺盖，即便在地上铺了三层，最上面的被褥依然潮湿。

用真心暖人心。背包队驻村以前，整村384户易地搬迁户，仅有12户搬迁。如今，祝培荣所负责的拉谷片区，146户村民已成功动员54户。从最初坚决不搬，到渐渐有村民主动咨询搬迁政策，背包队用实干和真情，感动了越来越多的群众。

4月16日，在背包工作队的带领下，和坡益一家前往县城安置点看房。工作队员先后陪他看了4种户型，宽敞明亮的房间让和坡益心动。当天下午，和坡益就主动参与抽房并领取了钥匙。和坡益的妻子也向安置区管委会申请了一份保洁员的公益性岗位，即将培训上岗。

据了解，截至4月15日，怒江州1006名背包工作队队员与搬迁群众开展院坝座谈、火塘夜话共4000余场次，共帮助3335户13588名易地扶贫搬迁群众入住新居。全州29个乡镇每个乡镇扩建一支背包工作队，聚焦"两不愁三保障"存在问题，开展"背包上山、巩固战果"行动。

时间回到2月20日。当天，在怒江州六库镇举办的深度贫困总攻出征仪式上，100 名即将奔赴一线的背包工作队队员，举起右手向党旗宣誓，祝培荣也是其中之一。"不忘初心、牢记使命，不夺取脱贫攻坚最后的胜利决不撤退！"

宣誓完毕，背包队队员转身登上客车，分赴未脱贫的 80 个贫困村。阳光下，车身上挂着的条幅分外醒目，上面写着——"怒江，缺条件，不缺精神和斗志！"

（2020 年 4 月 20 日发表于《人民日报》第 14 版）

跨越山河　共享繁荣

——写在中老铁路即将通车之际

北起中国昆明，南连老挝万象，中老铁路全长 1000 多公里，是共建"一带一路"倡议提出后，首条以中方为主投资建设、全线采用中国技术标准、使用中国设备并与中国铁路网直接连通的国际铁路。建成通车后，中国昆明至老挝万象有望当日到达。

在中老两国建交 60 周年之际，中老铁路通车在即，一辆辆"绿巨人"将跨越山河，承载着友谊、幸福与机遇，将中老铁路沿线各地紧紧相连。

创新之路，攻坚克难

自 2016 年 12 月全线开工以来，中老铁路的 2 万多名建设者奋战了 1800 多个昼夜。中老铁路沿线地区素有"地质博物馆"之称，复杂的地质结构不但让建设者时刻面临高地应力、高地热、高地震烈度等风险，还要随时应对溜塌、突涌、大变形等不良地质灾害，建设难度超出预想。

这里有"火焰山"。

西双版纳隧道全长 10.7 公里，地层具有高地热特性，洞内作业温度常年高达 40 摄氏度。中交二航局玉磨铁路项目部经理周君回忆，施工时大功率风机不断向洞内送风，冰块一车车拉进洞，每天运送 20 多吨。工人们每工作一段时间就要去冰架旁降温防暑，休息完接着干。

这里有"水帘洞"。

云南省元江县与墨江县交界处的通达隧道全长 11.3 公里，隧道内的涌水形成瀑布，严重时每天涌水达 4 万立方米，可灌满 17 个标准游泳池。中铁五局玉磨铁路项目部副经理付军说，隧道里涌水、汗水与水雾交织，常常干衣服进、湿衣服出。在高地温段，水变成水汽，湿度高达 80%，工人像在桑拿房里工作。

这里有"钢筋麻花"。

玉溪市峨山县全长 17.44 公里的万和隧道，处在典型的软岩大变形地层。2019 年，高地应力和不良地质导致 3 号斜井发生 520 米的连续大变形，支护结构被破坏，用于支撑的钢拱架被拧成一个个"麻花"。回想当时的场景，中铁十二局玉磨铁路项目部经理李峰依然心有余悸。

施工难度大，建设标准高，建设者们用拼搏与创新，书写了历史。

时速 160 公里的列车上，一枚硬币稳稳地立在窗台上。1、2、3……20 秒过去，硬币纹丝不动。

硬币不倒，反映一个数值——轨道质量指数。指数越小，说明轨道越平直，列车行驶越平稳。一般的普速列车，数值大多在 7 左右，而中老铁路的轨道质量指数，达到了 2.5 的极低值。

高标准离不开建设者们的精益求精。为达到规定值，精调施工人员对每一根轨枕进行校正，每天都在和零点几毫米"较劲"，确保精调一处、达标一处。

绿色之路，生态优先

中老铁路上有一处"网红"车站——野象谷车站。

位于西双版纳傣族自治州景洪市的野象谷车站，与亚洲象自然保护区毗邻。如何将铁路建设对亚洲象的影响降到最低？从设计到施工，建设者颇费苦心。

设计之初，在地方政府和林业部门协同下，相关部门单位调查了亚洲象的分布和迁移通道，最终决定线路走向避开亚洲象主要活动区域。

同时，为增加亚洲象活动通道，建设者在一些大象可能的活动区域，用建桥或隧道代替铺铁路，路改桥共 16 座，路改隧 8 处，让大象能从桥下或隧道顶部通过。虽然建设成本增加了，但保障了沿线亚洲象的活动区域不受侵占。

保护亚洲象，还有个暖心的细节。

普洱基础设施段工务维修技术中心桥路工程师杨杰介绍，为防止亚洲象误入列车运行区域，中老铁路在亚洲象活动区域增设了 42.9 公里的亚洲象防护栅栏与 1908 米的声屏障。与一般防护栅栏将刺朝向外面不同，亚洲象防护栅栏顶部的刺滚笼将刺尖朝内，即使真的有大象靠近栅栏，也不会被刺伤。

作为一条电气化铁路，中老铁路沿线配套建设了 900 多公里的输电线路。怎样在不破坏森林的前提下，把建筑材料运到山顶？南方电网云南西双版纳供电局想到了一个传统的方法——马驮。

"一座铁塔所需要的塔材重量为 30 余吨，一个马帮平均有 13 匹马，运输一基塔材从早上 6 点开始到晚上 7 点结束，整整需要两天。"西双版纳供电局规划建设管理中心副经理肖武军说，版纳段内山高林密、地形险峻，公路无法到达塔基位置。不能砍树修运输通道，马帮驮运成为最佳选择。

一列国际货物列车从中老铁路磨憨站驶出。（杨紫轩 摄）

为建设成一条人与自然和谐共生的生态之路，建设者们从优化选线、科学施工、环保措施等方面形成了一套完善的绿色流程：设计规划绕避各类自然保护区核心区、缓冲区和环境敏感点；施工中严格回收建筑废料；沿线栽植灌木 2860 多万株，藤本约 4 万株，乔木约 6.3 万株……

开放之路，发展提速

今年是中老建交 60 周年，中老铁路建成通车，是两国深厚友谊的又一重要见证。

"中老铁路开通后，我们就能乘坐火车来昆明学习了！"老挝铁道职业技术学院教师李禾薇对即将开通的中老铁路充满期待。

去年，李禾薇和其他 39 名老挝籍教师顺利通过老挝教育部组织的考试，成为由中方援建的老挝铁道职业技术学院的教师。目前，40 名老挝籍教师已办理完成相关手续，最快今年底来昆明学习。

老挝作为内陆国家，境内仅有一段 3.5 公里长的铁路，铁路专业技术人才匮乏。应老挝政府要求，2019 年 4 月，国家国际发展合作署正式批准"援老挝铁道职业技术学院"项目立项。昆明市铁道职业技术学院将参照我国职业教育模式，用 7 年时间帮助老挝建立起成熟的铁路技术培养体系，储备老挝自己的铁路人才。

"中老铁路建成通车，将助力中老经济走廊建设，推动老挝经济社会发展不断迈向新台阶。"老挝驻昆明总领事玛尼拉·宋班迪说。

沿线地区及辐射区域紧紧抓住中老铁路开通的新机遇。普洱市林业资源丰富，全市有 1400 多家涉林企业，随着中老铁路的开通，普洱计划投资 30 亿元在普洱工业园区宁洱片区建设林板家居产业园，拓展南亚、东南亚市场。

与此同时，各类利好政策也在助力贸易畅通。中国（云南）自由贸易试验区昆明片区与中老磨憨—磨丁经济合作区签订《联合创新合作协议》，在跨境电商等 8 个方面开展合作，推出首批 10 项"跨区通办"事项；昆明海关出台 13 项措施，持续提升磨憨铁路口岸通关便利化水平。

一通全通，中老铁路犹如奔涌的"大动脉"，正为沿线各地注入新的发展动能。

（2021 年 12 月 2 日发表于《人民日报》第 7 版）

沈靖然（左）在红河州建水县的上海交通大学—建水紫陶联合研究中心采访实验人员

沈靖然

作者简介

沈靖然，籍贯浙江台州，生于 1996 年 1 月，中山大学财经新闻专业毕业，2021 年 9 月到人民日报社云南分社工作，足迹已遍布云南 16 个州市，在践行"四力"中逐渐成长为一名合格的新时代党报人，代表作品有《阿佤山铺展兴边富民新图景》《一个人的警务室》等。

一个人的警务室
——云南红河"一村一辅警"试点见闻

进入瑶家新寨，得在浓雾中穿过 3 座山。

一路行车小心翼翼，在能见度不到 10 米的公路上颠簸许久，再爬上两个高坡，记者终于见到了这个在半山腰建起来的警务室。这是一间平房，见记者来采访，常驻辅警朱国庆憨厚地摸了摸头说："我一个人在这两年了。"

2019 年，中共中央办公厅、国务院办公厅印发《关于加强和改进乡村治理的指导意见》，提出要加强农村警务工作，大力推行"一村一辅警"机制。位于云南省红河哈尼族彝族自治州金平苗族瑶族傣族自治县瑶家新寨的"国庆警务室"是第一批试点。在红河州，像瑶家新寨这样"一个人的警务室"有 3 个——金平县下田房村的白国徽、河口瑶族自治县蚂蝗堡农场的贺建军和朱国庆一样，都是一个人驻守在村里。

"刚开始一个人不太适应，现在觉得我也是村子里的一员了。"朱国庆说，长期的踏实工作早已让村民们把他当作自家孩子。

州里推行"一村一辅警"试点，他们主动请缨去驻村

朱国庆是个 90 后，干过驾驶员、电力工人。2018 年，县里派出所招聘辅警，打小崇拜警察的他，靠着每天下班跑 5 公里的体能训练，顺利通过测试，考上了金平县城关边境派出所的辅警。

瑶家新寨距离县城 10 多里，坐落在深山里。

"驻村辅警业务要强，最好是本地人，能和当地群众聊得来。瑶家新寨是第一批试点，去的人必须是最靠谱的。"金平县城关边境派出所所长张裴麟说。

得知所里需求后，金平县土生土长的哈尼族小伙朱国庆主动请缨去瑶家新寨驻村。

"你去村上，舍得你的娃？"朱国庆的家安在了金平县城，起初，妻子不理解丈夫的决定。朱国庆也舍不得家人，却没有过多解释。2019 年 11 月，他一个人来到瑶家新寨。

和朱国庆不同，距离金平县城 70 公里外的下田房村，驻村辅警白国徽从小就在村子里长大，小时候家里靠种甘蔗、香蕉为生。2018 年考上辅警后，白国徽从建在山坡上的下田房村搬到了金水河镇，条件也好了不少。

镇里派出所也缺人。本有机会留下，但白国徽考虑再三，还是选择回村里当一名驻村辅警。从金水河到下田房村，红土路连着山里山外。白国徽回到阔别已久的家乡，乡里乡亲端出来一炉热气腾腾的"柴火饭"迎接他。吃着糙米饭，嚼着小米椒泡酱油，白国徽顿时感到心里暖暖的。

一趟巡逻下来，往往要走 20 多公里

下田房村建在峭壁山间。村子不大，辖区却不小。巡逻执勤是白国徽

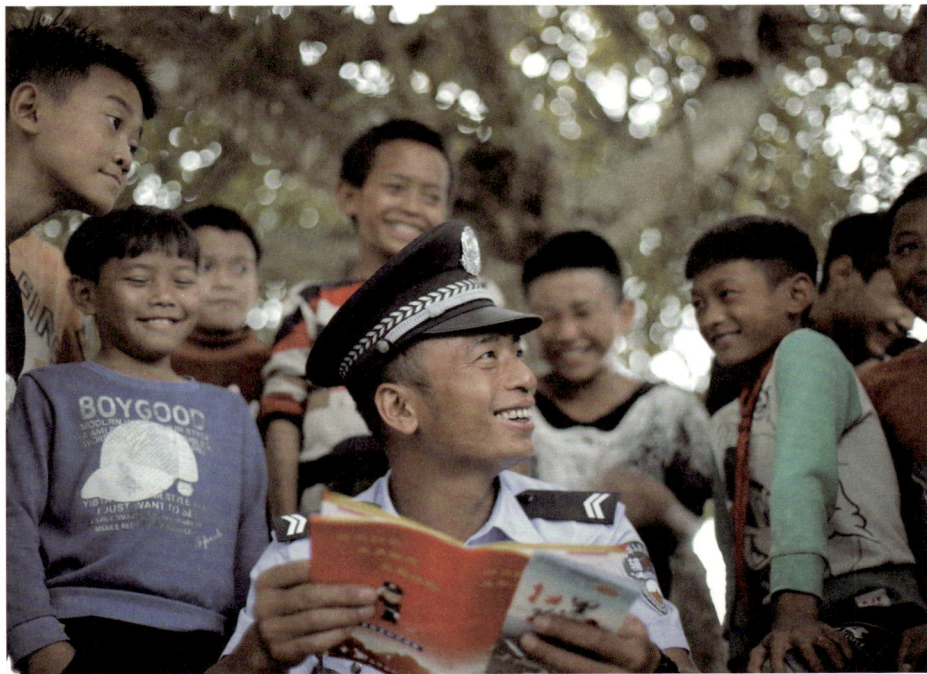

白国徽给村里的儿童讲解法律知识。（刁信杰 摄）

的"必修课"。密林里杂草横生，很多还带着倒刺，更有时不时钻出的蚂蟥和毒蜘蛛咬人，白国徽的腿上留下很多伤痕。

"执勤任务紧，执勤点距离村子十几公里到 20 多公里都有，到了之后经常就在那睡下了。"尽管家就在村里，白国徽一个月最多只能在家住三四天。

"别走路中间，得走路两边。"白国徽说，红土路滑，踩着路旁的杂草，走路轻松不少。即便如此，白国徽的作训鞋还是穿坏了好几双。

除了巡逻，驻村辅警的工作还有很多：村里年轻人外出打工的多，白国徽就帮他们留意家里老人的身体状况，走访时经常给老人们带些牛奶、水果。村里组织体检，一些老人行动不便，白国徽就开车送他们去。

"为乡亲们做的都是些鸡毛蒜皮的小事，但也得做好。走在路上每个村民都跟你打招呼，工作才算做到位。"白国徽对基层工作有自己的体会。

贺建军刚做驻村辅警时，感觉当地村民对他有点敬而远之。

一个雨季，雨水冲坏了村里的水管。看着村民家接出来的是一捧捧泥水，贺建军很着急，便组织村里4名青壮年，抬着40多公斤重的塑料水管爬上落差200多米的水源地高坡，将清水送到村民家中。

"村民们很朴实，你为他们做了实事，他们也会把你当自家人。"贺建军说。从那之后，村里人和他的距离一下子拉近了。

瑶家新寨村子不大，土路却错综复杂。到这儿没多久，朱国庆就摸清了山林里的每一条小路走向。

为了更好地保障村里的治安，朱国庆召集村民组建起护村队，在村里进行巡逻。"我们的队员从村头到村尾都有，不管哪出问题了，都能第一时间发现。"他定期组织护村队员召开会议，了解村寨治安情况，排查隐患。

"执行任务时没有上下班的说法，必须24小时待命。"朱国庆告诉记者，一趟巡逻下来，往往要走20多公里，回到警务室常常已是深更半夜。

"大家都把我当自己人，我想一直在村里驻守"

"刚到这里时，一个人真的很孤独。"朱国庆坦言，刚驻村时，家里俩娃每天要和他视频通话。

离"国庆警务室"不远住着一位80多岁的大爷，儿女都去外地打工了。一次巡逻路过他家，大爷告诉他家里的苞谷成熟了，自己收不过来。朱国庆立马骑着摩托车过来："走，我带您收苞谷。"那天下午，朱国庆帮着大爷把地里的苞谷全收了回来。

"看到他就想起了我爷爷。有时候我有心事想家了，不知不觉转到他家门口，爷爷就拽着我的手，要我在他家吃饭。"朱国庆说。

"村民带给我的感动真的很多。"白国徽也感同身受。

去年 10 月，白国徽家种的甘蔗成熟了，但那天他有紧急执勤任务脱不开身，只留妻子一人收割甘蔗。

"天空飘着细雨，软土路大货车一开就陷进去，只能停在大马路上，妻子扛不动那么多甘蔗，不及时收容易烂在地里，我便试着向村里微信群发了条求助信息。"白国徽坦言，农忙时节村民们自家地里的农作物都来不及收，消息发出去后他又有些后悔了。

等到任务结束赶回田里，白国徽惊喜地看到有二三十个村民在他家甘蔗地里帮忙。他们浑身沾满了红泥，也不说话，只是一个劲儿地往大马路上扛甘蔗。

"我上去想搭把手，一名村民立马推开了我，说我平时在村里执勤辛苦，交给他们就行了。"白国徽看着两车装得整整齐齐的甘蔗，眼睛湿润了。

朱国庆组建的护村队并没有任何报酬，筹备之初他担心建不起来。"哪知道我去找大家讨论时，他们都说，要和'小朱'一起守好村子的安全！"朱国庆说。

朱国庆的妻子和孩子会定期从县城来看他，和村里人一起吃烧烤，熟络得如同一家人。朱国庆每每和人提起瑶家新寨，脱口而出都是"我们村"："大家都把我当自己人，我想一直在村里驻守。"

（2021 年 12 月 8 日发表于《人民日报》第 11 版）

云南咖啡是否"香精豆"？我们采访了8位资深从业者……

近日，关于云南咖啡豆是否"香精豆"的讨论引发关注。作为离咖啡云南产区最近的媒体，我们准备了7个最直接的问题，找到了8位云南咖啡行业资深从业者：农科院专家、每天都在拿咖啡豆做实验的大学老师、主办7届咖啡生豆大赛的负责人、全国生豆烘焙大赛季军、咖啡行业协会副会长、国际咖啡品鉴师、精品咖啡馆主理人……

1. 果香、酒香、巧克力味，咖啡中的风味都来自香精？

"咖啡的生豆处理和烘焙环节，能产生1000多种自然风味，这些风味不是香精带来的。"普洱学院咖啡学院院长鲍晓华表示，咖啡的不同产区、品种和处理方式，都会带来各种香气物质，形成不同的风味。通常印象中，云南小粒咖啡主要是阿拉比卡豆，富有热带水果风味，相较中粒咖啡罗布斯塔果酸味更加明显；咖啡中的柠檬风味清新活泼，这类的风味常常出现在埃塞俄比亚产区；危地马拉安提瓜咖啡，因淡淡的烟熏味被称为"香烟咖啡"……

● 咖农手捧咖啡鲜果。（卢磊 摄）

　　当然，也有部分使用了天然食品原材料或风味增强剂进行发酵的咖啡豆，能够产生一些传统处理方式和烘焙中无法形成的特殊味道。

　　King 是一个知名咖啡品牌的主理人，据他介绍，目前大多数咖啡店售卖的主要为传统咖啡豆和风味咖啡豆。前者在生豆处理环节主要使用水洗、日晒、蜜处理等传统处理方法，口感上有着巧克力香、坚果香、柑橘等自带风味；后者则在加工环节使用增味剂浸泡或酒桶发酵，而使用增味剂生产出的就是引发争议的"香精豆"。市面上出现的"玫瑰谷""橘子硬糖"等新口味咖啡豆，是使用了氨基酸类型的水果酵素发酵生成，属于增味剂的一种，无法通过传统处理方式生产得到，其实更应该称之为"增味豆"。

2. 咖啡，能加香精吗？

从国标上看，香精不能加，但可以添加增味剂。

记者查阅了《食品安全国家标准—食品添加剂使用标准》（GB2760—2014），其中在"食品用香料、香精的使用原则"中明确规定"咖啡不得添加食品用香料、香精"，并把茶叶、咖啡列入了第 28 类不得添加食用香精香料的食品清单。不过，其中也明确提到"食品用香料、香精不包括只产生甜味、酸味或咸味的物质，也不包括增味剂"。

什么是增味剂？食品增味剂也可称为风味增强剂，补充或增强食品原有风味物质。食品增味剂不影响酸、甜、苦、咸 4 种基本味和其他呈味物质的味觉刺激，而是增强其各自的风味特征，从而改进食品的可口性。

云南省农科院质量标准与检测技术研究所所长黎其万表示，在国际食品分类上，咖啡食品包括咖啡生豆、焙炒咖啡豆、焙炒咖啡粉和咖啡饮料，都是可供食用的消费品范畴。商家一旦在某一环节添加香精香料，都属于不执行国家强制性标准的违规违法行为，违反了食品从业人员行为规范，从业人员和生产企业都要受到市场监管部门的严厉查处。因此，若能在市场上合规流通的所谓"香精豆"，只能添加增味剂，否则属于违法行为。

"从一些咖啡产品的配料表中也可以看出，添加的一些化合物其实是增味剂。"鲍晓华表示。

3. 云南有香精豆吗？

有，但是很少——对于这个问题，基本所有的采访对象都这么答复。

香精豆多在精品咖啡豆层面应用，官方数据显示，2021 年云南省咖啡种植面积约 139 万亩，产量约 11 万吨，云南精品咖啡豆占整体产量的比例约为 8%，其余多为大宗生产交易的商业豆。几位业内人士估算，其中香精豆占比极小。

　　而近期引发热议的"香精豆"中绝大多数是"增味豆"，不是违规使用香精的"香精豆"，若用"香精豆"指代则欠妥。

　　"云南产区不推崇添加增味剂的咖啡豆，我们本地人都不太愿意做这些东西。"昕艺咖啡品牌创始人、Toper杯全国生豆烘焙大赛季军罗银高说，"也有人因为客户有特殊的风味需求，或者开发新的口味，添加增味剂做试验。确实有少数人在做，也有极个别存在违规使用香精的情况。以我身边的人为例，我朋友家每年几百吨的豆子，只有一两百斤会拿来做增味豆。"

　　云南国际咖啡交易中心（YCE）目前已主办7届云南咖啡生豆大赛，YCE副总经理刘海峰表示："在历届咖啡生豆大赛中，我们也曾发现极个别添加增味剂的生豆，但在赛事规则上我们就明确不允许这类生豆参赛。"

　　"市面上流行的增味豆大多还是外国产区，如玫瑰谷、橘子硬糖等，都是精品咖啡豆的层级。"老苏是一家精品咖啡馆主理人，他表示，国内产区在这个领域尚处于起步阶段。据他估算，整个云南产区11万余吨的产量中，增味豆有十来吨，"占比非常小。"老苏自己每年收购豆子5吨，其中增味豆有70公斤左右："主要有些客人喜欢浓烈的风味、创意特调咖啡，我们也需要为这部分客人提供这样的产品。"

　　"但如果把这种个别现象当成云南咖啡的整体现状，是对云南咖啡的不负责，也是对所有云南咖啡从业者的不负责。"刘海峰说，"云南咖啡经过多年的发展，从2014年首届生豆大赛中杯测平均分的78分提升至今年第7届大赛的82分，背后是几十万咖农和从业者的努力。我们更推崇一杯纯正的咖啡。"

4. 残次豆能否通过香精升级成高级豆？

　　从品质上看，如果说香精豆是"以次充好""低成本搏高价"，这或许也行不通。

　　林宇是福州啡林咖啡馆主理人，同时是Q—Grader国际咖啡品鉴师，他告诉记者，一个感官正常的人，在品质不好的咖啡里，一定能喝到青涩的、木质的、烂水果的、化学药水等味道，当然这些未必同时存在。作为咖啡师可以通过筛选或调整萃取方案尽可能地规避这些味道，但不可能完全避免。"如果谁说添加了香精或食品添加剂就能够把瑕疵风味消除掉，那我不敢相信，这超出了我十年从业经验的认知。"

罗银高表示，有些劣质豆加了增味剂后味道就像电子烟，"喝上去有一种很躺的感觉，这类咖啡豆不可能卖高价，一般在筛选环节就被排除出去了。"

据介绍，一般生产商选择生产增味豆，都是因为客户有这方面的需求，需要调制某种特殊的味道。林宇的咖啡馆从 2019 年开始，菜单上一直保留 1—2 款云南咖啡，还有一款云南增味咖啡作为门店销售的 SOE（单一产地咖啡）。"我很明确地告诉客户这是一款用食物原材料添加进行增味的咖啡，喜欢的客户一口爱上，不喜欢的客户接受不了。"

"生产所谓的'香精豆'，成本并不低。"罗银高表示，"从工艺上来说，那些添加增味剂做试验的，失败品相当多，只有偶尔几个能喝到增加不错风味的。"老苏则表示，他收购过最便宜的增味豆是每公斤 100 多元，价格并不低。

5. 对人体有害吗？

"作为创新可以包容，但从食品安全角度上，需要慎重。"鲍晓华表示，即使是符合国家标准的食品添加剂，在生豆处理环节与生豆融合后，后续经过 200 摄氏度的高温烘焙，会不会产生有害物质甚至微毒物质，"这个目前还不好说，存在一定安全隐患"。

就目前而言，增味豆属于新兴产物，从整个国际咖啡行业来看，尚未有一个清晰的关于风味添加剂运用的标准，但不代表缺乏监管，食安部门对咖啡的食品安全质量有严格要求。

老苏介绍："云南的食品安全监督部门会对云南产区正规咖啡庄园生产的咖啡进行不定期抽检，一旦样品不合格，整条产品都会被下架。"

老苏向记者展示了他不久前拿到的检验检测报告，上面显示依据为《焙炒咖啡生产许可证审查细则》（NY/T 605—2021）、《食品安全国家标准 食品中污染物限量》（GB 2762—2017）等 8 项食品安全国家标准。

尽管老苏采购的增味豆都来自正规庄园，使用的也是符合国标的食品添加剂，但他也坦言，难免会有难以监管到的小作坊使用劣质咖啡豆和劣质风味添加剂："闻起来一股子香精味，喝起来有洗发水的味道，这种咖啡豆在杯测环节就被筛掉，不太会到顾客口中。"

6. 人们排斥香精豆的时候，到底是在排斥什么？

King 认为，大众对于香精豆的争议，源自咖啡处理过程中风味剂使用的不透明："有的商家不会备注使用的咖啡豆是否含有风味剂，作为消费者，喝了一杯不明不白的东西进入身体，就会觉得被蒙蔽、不安全。"

"咖啡生豆很难制样，在生豆环节去判断这个咖啡是否添加了增味剂甚至用香精进行处理，目前还找不到很好的检测手段。"鲍晓华坦言，"是否在咖啡包装袋上写明使用了增味剂，全靠自觉。"

林宇表示，受过感官训练的从业者们，对于添加了增味剂或者香精的豆子会有明显的感受：风味轻浮不自然，在香气和鼻前嗅觉上能明显喝到，但在鼻后嗅觉、口感、余韵上的表现不明显。

业内人士能判断出来，但普通的消费者却很难判断，加上包装说明上的不透明，这种信息不对称使得消费者容易产生不信任，这是目前最大的问题。罗银高认为："明明添加了却不写清楚，消费者会觉得被欺骗了，长此以往将损害云南咖啡的品牌形象。"

这些也是为何这次关于"香精豆"的讨论如此刺激消费者神经的重要原因。

7. 如何规范?

"咖啡店经营者作为筛选的重要一环，自主权很大，增味豆的规范发展需要经营者在采购环节就把关。"King 说，烘焙商从处理厂采购环节中增味豆的交易尚属透明，但在咖啡店与消费者交易的这一环存在盲区，"需要规范咖啡店经营者，在售卖时清晰标注豆子的处理方式、是否使用风味添加剂，让消费者明明白白消费。"黎其万也认为，必须尊重消费者的知情权和选择权。

云南咖啡行业协会副会长胡路表示，近段时间，行业协会内部也在做一些沟通，行业虽然没有办法短期内给出标准和规范，但从行业自律的角度会及时引导。

鲍晓华建议，应当由市场监管部门牵头，与高校和咖啡行业协会联合，尽快制定风味添加剂在咖啡豆中使用的标准。老苏也希望咖啡行业能尽快建立起风味添加剂在咖啡豆中使用的标准，并且实施增味豆强制检测，"行业正规化，才能让每个从业者大胆往前走"。

11 月，云南新的咖啡产季到来，每年这个时候也是各大国内国际收购商对产地豆进行压价谈判的时候，手段五花八门。老苏担心对增味豆的误读会造成咖农的豆子卖不上价："我们云南产区的咖啡靠几代人辛苦耕耘，目前精品豆价格勉强接近国际市场的收购价，不能因为信息交流不充分，让一个高速成长中的产业严重受冲击。"其他从业者也认为，对咖啡行业的新问题充分探讨是必要的，我国咖啡文化还在成长期，"多一些了解，坏事也会变好事"。

（2022 年 11 月 1 日发布于人民日报客户端）

后　记

　　《我的心在高原》一书编辑费时良久，是因为我们深知对这份历史回顾和梳理的不易。

　　作为人民日报在地方较早设立的省区市记者站之一，自 1954 年以来，70 载风雨兼程，云岭高原上留下了人民日报社云南分社几代记者求索的步履和人生的传奇，而这些都熔铸在他们的一篇篇报道和一幅幅图片里。本书的编辑、出版，既是对云岭高原风云变幻历史的一种重新审视和解读，也是对前辈记者们"边疆不边缘，高原更高远"情怀的薪火相传。

　　地处边疆，却是新闻的富矿；地属高原，却仍需登高望远。云南，是淬炼新闻记者脚力、眼力、脑力、笔力的好地方。云南分社几代记者，有的在西双版纳，亲历茶树花开背后的社会转折；有的赴瘴气区，感受国营农场年轻人火热的干劲；有的思考国有矿山的改革和转型，观察"四荒土地"的有偿转让和退耕还林；有的探寻民族文化的保护和传承，议论风生，给人启迪。还有 Z 时代的青年记者已是"小荷才露尖尖角"，作品展现出特有的敏锐和朝气……这些都是云南分社宝贵的财富，值得我们分外珍视和感念。

在人民日报编委会的关心和地方部的指导下，编辑们怀着对历史的尊重和对传统的敬意，将70年来的文字——爬梳、回溯。面对大量报道作品的整理，我们明确了书籍编选的标准，以人民日报社记者记录云南发展变化的历史脉络为全书编辑的主线。这也奠定了本书的整体基调：历史感与时代感交融。

挖掘蕴藏于文字中的历史，探寻从过去走向未来的发展逻辑。宇宙洪荒中，微尘流动；字里行间，窥见历史的分量，感受传承的力量。一代人有一代人的担当，为国家、为民族、为人民书写草木乾坤是党报人的责任。在整理、研读篇目的过程中，我们深刻感受到老一代党报人的铮铮风骨和为民情怀，也欣喜于年轻人的勤学善思与火热激情。

心之所向，情之所依，亦是步履之所至。这片美丽土地，过去发生了无数动人的故事，而这些故事今日仍延续着。选编时多次征询了几位老记者的意见，力保文稿选择逻辑线明确而又不失个人风格，向前辈们在云南的深情耕耘以及对本书编辑的大力支持表示诚挚感谢！

要特别感谢人民日报社原副总编辑米博华先生为本书作序，先生对党报精神的感悟和阐释，对后辈的殷殷嘱托情透纸背，令人感怀于心。

历史的长河在笔下匆匆流过。对这片高原的浓情厚意，是记者下笔的灵感之源，每一篇报道和每一个文字，都承载着记者对这片土地深沉的爱。而一本小书，只能传达情感心绪之万一。如果读者能够从中管窥云南70年来在中国式现代化中的艰苦探索，感受到党在云岭高原上带领各族人民奋进的铿锵足音，我们将倍感欣慰，这也正是我们编辑这本作品选的出发点和落脚点。如果有不妥之处，真诚欢迎批评指正，以供日后修订。

本书编委会
2023 年 6 月